死線を超えて

浜野伸二郎［著］

文芸社

まえがき

私は、仮死状態の未熟児として生まれ、医師から脳性小児麻痺と診断されました。家庭の事情で叔母夫婦に預けられたのですが、その一家の愛情に包まれて育ち、義務教育を受けることができました。しかし、自力では一歩も歩けません。車いすもない時代ですし、社会の理解もなくて、いろんな障害にぶつかりました。

幸い二十四歳で健常者の妻を娶《めと》り、福祉・文学（詩作）・平和運動をライフワークとして、約三十年の道のりを歩んできました。その間、死の宣告を四度も受けたのです。

二次障害の頸椎症を四十二歳で患ってからは、自分の手で本のページも繰れません。また排尿も管（カテーテル）を使わないと自力では無理になってしまいました。それでも電動車いすに乗り、パソコンなどハイテク機器のおかげで、残された左手の中指を使っています。どうか裸同然になった一重度障害者の手記を通して、障害者のことを、より多くの方に理解していただけるよう心より願っています。

なお、本書を読まれる際は、原稿執筆時が二〇〇〇年現在であることにご留意ください。

著　者

目次

死線を超えて

一　奇跡の誕生

〈誕　生〉

一九五二年一月二十日、わたしは兵庫県加古郡荒井村（現・高砂市荒井町）の浜野家の次男として生まれる。

名前は、「伸二郎」と命名された。

父は鉄工所を営んでいたが、兄が病死したので、兄の家業を継ぐために兄の妻と結婚した。亡くなった兄には三人の男子が既にあったので、再婚した母からするとわたしは五男にあたる。

七カ月の早産だったが、産院などなかったため、家の奥の間で産婆の手によって取り上げられた。しかし、産声も上げず、用意していた産着は大きいので、真綿でくるみ、部屋はストーブがガンガン燃やされていた。

この時、病魔は既にわたしの体に住みついていたのだが、誰も知る由はなかったのだ。

「助からないかもしれませんよ」と産婆は言い、後は医者に頼るしかないことを告げた。

往診に来てもらった小児科医は、
「今晩がヤマでしょう。多分無理だと思いますが、明日の朝来てみます」と言い残し帰っていった。

一晩ストーブを燃やしたまま、乾燥を防ぐために茶瓶で湯を沸かし続けたが、一声も泣くこともなく長い夜を過ごした。

父親らは奇跡を信じ一睡もせず朝を迎え、医師の来るのをひたすら待った。

早朝、様子を見に来た医師は、真綿にくるまれて眠る赤子の胸に耳を当てて叫んだ。
「この子、まだ生きている！　ひょっとしたら奇跡が起こるかも……」と。

この時、わたしは最初の〝死〟の宣告を乗り越えて、生きていくことになったのだ。

奇跡的に命拾いをしたわたしは、育てるのが大変で、例えば、お乳を飲ませるにしても吸う力がなく、綿花に乳を吸い込ませ、それを絞るようにして口に流し込まれた。とにかく、腫れ物を扱うようにしないと、壊れそうな赤子であった。

〈古城《ふるき》の家〉

病弱なわたしは、両親や親戚に見守られ、わりあい順調に育っていたものの、普通の赤子を育てるよりは、はるかに手がかかり気を使わせた。半年ほどは家族とともに平穏に育てられたが、いつまでもそうはいかなかった。

それは、父の会社を母が手伝わなければ、経営に影響を及ぼす状態だったからである。鉄工所といっても、小さな家内工業だった。まだ手のかかる兄たちも、昼間は近所の人に子守りをしてもらっていた。

二　二人の父母

父は普通の子でないわたしを不憫で他人に預けられず、父の妹夫婦に頼んだ。もちろん、叔父にあたる人は他人であるし、妹夫婦にも二人の子どもがいた。

しかし、父が畳に顔をすりつけて頼み込むと、叔父は理解を示して、(二、三年の手のかかる間だけ) との約束で、僅かな養育費を毎月渡すことで、古城の家で育てられることになった。古城の家はなんの変哲もないごく普通のサラリーマン家庭だった。

叔父は、国鉄 (現・JR) の事務をしていた。その時の古城の家との出会いが、わたしの人生を築くうえで掛け替えのない糧になるとは誰も思わなかった。わたしの実家と叔母夫婦の家は、歩いても十分ほどのところのため行き来をし、夜は、実家に叔母も泊まり込むこともしばしばだった。

それができたのは、叔母夫婦の子どもは大きくなり、食事の用意だけしておけば、父親だけですみ、昼間は小学校に通う年齢であったためだ。下の子とわたしは九歳も離れていた。

普通の子が歩く歳が過ぎても、わたしがよちよち歩きすらしないので、母と叔母の二人が背負って近くの医者を回り、何軒目かの病院で左足の脱臼が分かり、ギブスを巻いた。

痛がり、泣き叫ぶわたしに、二人は涙を流し、

「伸二郎、辛抱しいや、歩けるようになるんやから……」

と頭を撫で抱きしめた。

〈宣　告〉

脱臼が治っても全く歩かないし、踏ん張る様子もないわたしに、いよいよ心配になった母と叔母は原因を確かめようと、有名な大病院を回った。

そして、何番目かの病院、大阪大学付属病院で、「脳性小児麻痺」と宣告された。どのような病気か聞いたこともない病名を耳にして二人は顔を見合わせ、「治るのでしょうね」と恐る恐る尋ねた。

「残念ですが、今の医学では治りません。原因も分かりませんし、治療方法もありません。

長くは生きられないでしょうから、〝生〟ある限りお母さんの愛情で育ててください」と医師は冷たく言い残し立ち去った。

母と叔母は、診察室の椅子から立ち上がれず、看護婦に促され、無言のまま病院を立ち去った。二人の頬は涙で濡れ、帰り着くまで乾くことはなかった。

わたしにとっては、二度目の〝死〟の宣告であった。

「ちくしょう！　伸二郎に何の罪があるのだ」

と父は拳を握り畳を叩いて嘆いた。

「いっそ生まれた時にそのまま……」と涙ながらにつぶやく母に、叔母はきっとなって戒めた。

「わたしが立派に育ててみせる」と言い切った。いつしか叔母は、わたしに実子以上の愛情を持ちはじめたのである。

父は、黙って手を合わせて頭を下げた。

そんな成り行きから、いよいよ叔母の手で育てられることになった。

〈叔母の愛情〉

一年間病院巡りをしていたので、本格的に叔母の家で生活を始めたのは、三歳になっていた。幸せなことに、叔父も我が子のように可愛がってくれ、長男と次男は、弟が出来たように喜びはしゃいだ。

かくして、わたしは古城の家の三男、そして、実家の兄四人とともに、七人兄弟の末っ子のように育った。

朝起きてから夜中まで、叔母の愛に包まれて育てられた。

おしっこは、普通の子どもより少し早く、片言を言いはじめる前から知らせていた。「シーシー」と言うので、トイレに連れて行くと、用を足し終わるまで三十分かかることもしばしばだったが、一度もおしめを濡らさなかった。神経質の固まりそのものだった。

ここらからは、はっきり記憶に残っている。


叔母は負い目などなく、わたしを背負ったり車いす代わりの大きめの乳母車に乗せ、買物など、どこにでも連れて行ってくれた。

この当時、風船ガムやビスコぐらいしかお菓子はなかったが、ねだって買ってもらい、ガムを膨らませたり、サトウキビを噛んだりした。

人前に障害のある子を連れ出すのは、普通は勇気がいることなのだが、何ら抵抗なくなしえたのは、幸い叔母という立場だったからだろう。ひょっとして逆に実の母だとできなかったかもしれないと思う。

叔父は叔父で、平気で銭湯などに連れて行ってくれた。こうして育てられたので、人の目を気にせず普通学校へ違和感なく通えるようになったものと思う。

この頃、家業の鉄工所が順調にいき、母が手伝わなくてもよくなっていた。約束もしていたので、

「伸二郎、引き戻そうか?」と叔母に尋ねたが、愛情が移り不憫さも募り手放せなくなっていた。それにわたしも、

「古城のお母ちゃん、お父ちゃん」と慕うようになっていたのである。

そこで、実の親を忘れないように、日曜日だけ実家に帰ることになった。こうして、わたしは二組の親を持つことになった。

古城の家は、荒井の借家から歩いても二十分ほどの、荒井川の流れる側の緑ヶ丘の分譲住宅へ、わたしが六歳の時に引っ越しした。

荒井川には、数々の思い出がある。

一九八一年の秋、その荒井川のことを『姫路文学人会議』にエッセーにして発表している。

ここに重複している個所もあるが、全文を載せてみる。

※　　※

――ふたたび踏むことのない大地――

荒井川は、高砂市美保里から緑ヶ丘を通り、今の市役所をへて荒井港へと流れていた小さな川。わたしはその中程にある新興住宅地の緑ヶ丘に住んでいた。

最初の頃の緑ヶ丘は三十戸ほどであった。荒井川ぞいに北へ住宅が建ち並んでいった。

わたしの住んでいた所から、数百メートル先に名も書かれていない橋があった。

その橋を渡ったところに雑貨屋さんがあった。その雑貨屋さんの前でガムやあめをねだったことを思い出す。

「一、二。一、二」

毎日、叔父さんが仕事から帰ってくるのを待って、荒井川の中流にそって、名のない橋を折り返し点の目じるしにして、約五、六百メートルの川端を一時間ほどかけて歩いた。

吐く息が白く見える季節だというのに、額から汗が流れていた。

当時、わたしが六才の頃は、適切な訓練を受ける施設や病院もなく、ただ素人考えで歩く練習をすれば歩けるようになるという一心で、毎日毎日白い運動靴をはいて叔父さんに手をひかれて川端を歩いた。

二十数年も前の出来事だが、生まれて一時だけ自分の足で確かめた大地の感触は今でも忘れることができない。

「ただ歩けばいいだろ」ということで、歩いたことが無理だったらしく、三カ月ほどで風邪から猩紅熱を併発し、とうとう歩けなくなるどころか、年々正座ができなくなるなど障害が重くなるばかりだった。

叔父さんに手をひかれて、歩く練習をしていた荒井川は、十年ほど前から埋めたてがはじまった。今は排水口が埋められ、緑地帯となっている。

少し上流に行くと、上に新幹線が走り、バイパスもでき、川が流れていたおもかげはない。荒井川は、荒井と伊保の町を区切るように流れていて、小さい頃のわたしの思い出をいっぱいにつめこんでいる。

後で述べることになるが、当時の高砂市には養護学校がなかったので、普通小学校に入学できた。入学した頃、わたしが級友に仲間はずれにされたり、いじめられたりした。そんな時、学校に毎日付き添ってくれていた叔母さんが、わたしを荒井川に連れて行って言った。

「この川のむこうには大きな海が広がっているのよ。そのような大きな心でいないとダメなのよ。これから先、どんなつらいことがあっても、この川のむこうにあるきれいで大きな海のような心を忘れないようにしなさい」

わたしを諭すように言った叔母さんの言葉を、今迄ずっと大切に胸にしまってきた。

わたしはその時の叔母さんの涙でつまった言葉と、二人の姿を写し出していた夕陽、そして、赤くそまっていた荒井川の鮮かさを忘れることができない。

荒井川のある高砂市から姫路市へ移り住んで十余年になるが、今でもわたしの生き方をささえているものは、荒井川での叔母の言葉である。

住んでいた家には今、従兄が住んでいる。寂しくなったりするとふいに訪ねて行ったりする。もう、荒井川を見ることはできないし、わたしもふたたび大地を踏むことはないのだが。

※　※

病弱と医者と縁を切れずに育っていった。今では、どんな薬でも飲むが、抗生物質が出始めた頃、発熱してカプセルを出されたが、神経質なわたしはとても飲めなかった。

叔母と叔父は、何とか飲ませようと、当時は病気したときぐらいしか食べられなかったバナナにカプセルを詰めて食べさせると、「種があった」とカプセルを出してしまった。バナナが出回った頃もその話をして笑ったものだ。

しかし、詰めた一部を出してきたが、医師から指示を受けた分は、どうにかバナナと一緒に食べたらしい。

やがて、小学校へ通うことになるが、それまでの友達は、向かいに住む百合ちゃんだけだった。

百合ちゃんは毎日のように、「伸二郎ちゃん、遊ぼう」と来てくれて、わたしを乳母車に乗せ、あちこちに連れて行ってくれた。

なかでも、紙芝居を見に行くのが楽しみであり、週に一度やって来るのが待ち遠しかった。でも、大きくなるにつれ、百合ちゃんも遊びに来てくれなくなった。

それは、百合ちゃんが悪いのではなく、体の不自由なわたしを連れて行くとほかの仲間から、百合ちゃんがのけ者にされたからだ。

わたしは、一人遊びが上手になっていき、積み木、めんこ、ビー玉などで遊んだ。また、人形やお手玉などの、女の子がするような遊びもした。

三　社会への一歩

〈小学校入学〉

叔母は、体の不自由なわたしに、大きくなっても困らないように、せめて学力だけは人並みにしておこうと、漢字や算数を教えたが、その教え方は、我が子に教える以上に熱意を持っていて、とても厳しかった。

両親と叔母夫婦は、死の宣告を受けた後も決して諦めることなく、耳よりな噂を聞いたりすると、全国の病院を巡り回った。

小学校に入る前のある日、東京のある病院で脳性小児麻痺の治療をしているとの情報を知り、母と叔母は、夜行列車に乗って東京へ向かった。

朝、車掌が見回りに来た時、わたしが新聞を読んでいるのを見つけ、驚きのあまり目を丸くして、「子どもさん、お幾つですか?」と聞いた。

叔母が、「九歳です」とさりげなく答えると、「そんな!」と一言つぶやき、首を傾げて立ち去った記憶がある。その頃、叔母の教育のおかげで、算数は、〝九九〟をそらで言えるまでになっていた。

そこで叔母は、普通小学校に通わせるよう、父母に勧めた。

「そこまでせんでも……」と最初は父母も渋っていた。

「体が悪いだけや。だから勉強だけはさせとかなあかん」と熱っぽく言う叔母に説き伏せられて、市の教育委員会に申し出た。

しかし、教育委員会は初めてのケースに、「子どもさんの世話は学校では責任持てませんので……」と断ってきた。そんなことぐらいで引き下がる叔母ではなかった。

「わたしが、一日中付き添いますので、受け入れてください」と何度も何度も足を市の教育委員会に運んだ。ある時すごい剣幕で「あの子にも教育を受ける権利はあるはずです」と食い下がった。勢いにおされて相手がひるむと、「どうぞ学校に通わせてやってください」と嘆願した。一カ月近く毎日通い続けた。

さすがに頑固だった教育委員会の人も考えはじめたようである。係の人は頭をかきかき、ようやく重い腰をあげた。「仕方ないですね。それでは、学力テストの結果で判断しましょう」と言ってくれた。

しめた、と叔母は思った。

やがて家に教育委員会の人と、地域の小学校の先生が訪れ、面接とテストを行った。教育委員会の人は体を見て、とても学校に通う能力などないと思っていたらしいが、叔母の教えのおかげで、三年生ぐらいの学力を認めたのである。

「三年生程度の力がありますが、それでは、何年生からにしますか？」と聞かれた両親と叔母は、少し考えていた。いきなり三年生は、初めての集団生活では無理だと考えたのだろう。あまり期待をかけたりしたらかわいそうだと思ったのだ。

「二年生からお願いします」と頭を下げた。教育委員会と学校側も了承し、早行きのため、三年遅れで、晴れて地域の学校、米田小学校への道が開けた。

このような結果を得られたのは、当時、高砂市に養護学校がなかったことが、わたしの場合は幸いした。その頃は、かたくなな教育委員会だったのに、最近になって兵庫県と高砂市の両教育委員会は、『車いすを必要とする重度障害児を、県下で最初に、六十年代のはじめに普通学校に受け入れたのは、特殊教育に理解を持っていたためだ』とピーアールしている。

その頃叔母の家からは、かなり離れた所に実家が移っていた。実家の鉄工所が時代の波に乗り、荒井では工場の拡張ができなかったので、わたしが、小学校に入学する三年前に米田町に引っ越していた。変われば変わるもので、朝、学校に登校するときは、父のお抱え運転手が迎えに来るようになっていた。

なかった。障害児は家に閉じ込めているのが世間の常識だったのである。

〈小学校時代〉

教育委員会はやっと認めてくれたが、現場の教室では障害児はお荷物としか思われていなかった。障害児は家に閉じ込めているのが世間の常識だったのである。

小学校では、編入された二年生の担任の先生が、教室の片隅でじっと見守る叔母に見せつけるように、わたしが手を上げていないときだけ当てるのだった。障害児は健常者の邪魔にならないように家にいるのが常識ではないか、という世間の空気が教室に反映していたのである。答えられない姿を見せつけて、「学校に通うの無理だったのよ」と叔母に近づき、聞こえるようにつぶやいた。また放課後、掃除をしていた叔母が、ほうきで掃いた後を、わざと担任の先生がやり直したりして嫌がらせをした。

その頃のわたしは引っ込み思案の子で、手を上げるのも恥ずかしくてできないような子であった。従って、わたしの通信簿で性格の欄は、二年生の時だけ、最も劣っているように記された。

わたしを背負って帰る叔母は、涙声で悔しさを言うのだった。「伸二郎ちゃん、負けたらあかんで。しっかり勉強して見返したり」「分かっている、おかあちゃん泣かんとき……」と言いながら、何度二人で泣いたことか。わたしは叔母を「おかあちゃん」と呼んでいた。

叔母のことばかりを書き、陰に隠れたように思われるので、叔父のことにも触れてみたい。


叔父は、戦争で満州に召集されたが、そこで肺結核に侵された。やがて本土に戻され、肋骨六本を切り取る大きな手術をして命だけは助かった。

風呂によく入れてもらったが、右の脇には、わたしの拳がスッポリ入るほどの空洞があり、湯船に浸かるとき、いつもポコポコと泡が出ていたのを面白がった。その叔父は、決して丈夫な体ではなかったが、わたしが三十六歳の時に亡くなった。その二年前の七十三歳まで、わたしが遊びに行くと、幼い頃のように抱いてくれていた。

その頃、六人の兄たちと歳が離れているので、五十キロ近い体重のわたしを抱けたのは、妻と叔父だけだった。虚弱児だったけれど、骨だけは頑丈でゴツゴツしていた。やはり、小さい頃から扱い慣れていたために、力ではなくコツを知っていたからだろう。

わたしに手を取られがちだった叔母に代わり、叔父は息子たちの面倒をみていたのである。従兄たちが、ひがむことがなかったのは叔父のおかげだ。今更ながら心から感謝している。

性格は、大声ひとつ聞いたことがないほど温厚で、暇さえあれば本を読む勉強家であった。わたしが読書好きになったのは叔父の影響ではないかと思う。

叔父国治は秋田県出身で、大学受験のために単身上京したが、病気で倒れ、受験できなくなってしまう。それも家出同然で上京したために郷里に帰れなくなった。迷ったあげく親戚のいる兵庫県に来て、国鉄へ就職する。そんなことで高砂市に住むことになったと聞いている。

幼い頃、流行っていた歌に「愛ちゃんは太郎の嫁になる」がある。それをもじって、「愛ちゃんは国治の嫁になる」と、わたしは歌ったものだ。ぴったり、叔母の名前が〈愛子〉だったので、からかっていたのだ。

それともうひとつ、わたしの歩行訓練をするため、毎日欠かすことなく、会社から自転車を漕ぎ一直線で帰ってきて、訓練をしてくれたが、時には厳しくて散々悪口を言ったりした。

これまでと違って素人療法ではなく、兵庫県にただ一つ、脳性小児麻痺の治療をしていた県立の小児病院「のじぎく園」（現・兵庫県立のじぎく療育センター）という施設が出来た。さっそく小学四年の夏休みに、二週間、叔母と母子入院をして訓練の仕方を教わっていた。

担当者が足りないので、各人に、女子大生のお姉さんが付き添いで来ていた。夕刻は、食事の準備などで忙しい叔母に代わり、わたしの世話をするのは叔父の役目になっていた。

叔父の唯一の楽しみは、屋台でお酒を飲むことだった。年に一、二度、叔母に言うと反対されることが分かっていたので、黙って飲んで帰ってくるのだった。強くはなかったためベロベロに酔って帰り、叔母と言い争いをしていた。今でも不思議なのは、温厚な人柄にもかかわらず、テレビでプロレスを観戦していたことだ。力道山のファンで、わたしを膝に乗せて見ていたのでよく分かったが、空手チョップを浴びせるたびに力が入り、そのたびに体がピクッと動いていた。

また叔父は、政治好きで『社会新報』の愛読者で、江田三郎の大ファンであった。長男が県職の試験を受け、採用が決まる間だけ講読を中止したけれど。わたしが八歳の時、国を二分する『安保闘争』が起こり、樺美智子さんがデモで亡くなった。わたしも、子ども心に安保反対と言っていた。

この頃のある日曜日、神戸に買い物に行った時、市電を見て「乗りたい」とせがむと、

「今度来たら乗せてやる」と約束していたのを、わたしは忘れず一途に思っていた。

「今日用事ないんやろ。神戸の市電に乗りに連れて行って……」。泣いてせがんで連れて行ってもらって、一区間市電に乗ったのを懐かしく覚えている。とにかく嬉しかった。

一九六四（昭和三十九）年、わたしの十二歳の秋、東京オリンピックが開催された。バレーボールで東洋の魔女の活躍などをテレビに釘付けになって観戦して、スポーツの素晴らしさを知ったのである。それ以来あらゆるジャンルのスポーツ鑑賞をするようになった。自分でできないことから、心のどこかに一種の憧れがあったのかもしれない。

この頃から、叔父の側で政治討論会を見聞きし、いつの間にか政治に関心を持つようになっていた。

叔父と古城の長男が、囲碁や将棋をしていたので、見様見真似で覚え、十五歳ぐらいまでに、アマチュアの囲碁二段と将棋五級の資格をとった。

この時期、初めてインスタントラーメンを、ギブスをはめて立つ訓練の後に食べた。とにかく美味しかった。発売は一九五八年だったが、最初に口にしたのは、五、六年後だった。

当時、肉は固い鯨肉が、どこの家庭でも普通であった。給食でも食べたと記憶している。

今では食べられないが。

この少し前、わたしが十歳の一九六二年に、『愛と死を見つめて』をテレビで見て、ものすごい感動を受けた。国民的になったドラマは、主題歌も大流行になった。わたしは夢中になって見ていた。『愛と死を見つめて』の歌は、今でもそらで歌える。


〈古城の家の生計〉


叔父が飲んでくると、叔母がうるさく言ったのには訳があった。

それは、古城の家の台所事情で、ほとんどサラリーマンの叔父の月給でやり繰りしていた叔母は、月給日にお金が入ると、電気代、水道代、ローンなどと書いた封筒に分け、残金は貯蓄していた。

わたしを含めた三人の子ども、長男は私立大学の大学院まで、次男は県立の工業高校までやっていた。借家から分譲住宅にも移った。わたしの養育費はほんの僅かだったので、父が苦しい生計を察知して、

「伸二郎の養育費を上げるか、纏まったお金を取ってほしい」と申し出た。

「そんなんいらん、あの子は私の子や」とキッパリ言ってはねつけていたのだ。

叔母は、当時流行していた三橋美智也のファンで、三橋美智也の歌が流れている時だけ、

手を休めてテレビを食い入るように見つめていた。

「独特の、眉間にしわを寄せて歌うのが、たまらなくしびれる」と言っていた。

その頃、『古城』という曲が大流行していた。それが好きなのは、読み方は違うが名字と同じ字を書くからではないかと思った。

旅行にも行かず、化粧もすることもなく、わたしの世話に夢中になって働きづめだった。

四　運命の出会い

叔母と叔父の影響が、わたしの人間形成のうえで最も大きかったが、それ以外に、小学校四年生の出来事と出会いが後のわたしの運命を決定づけた。

〈文章へのきっかけ〉


小学校四年生の秋のことである。

わたしは夏休みの宿題に、兄たちに自動車で連れて行ってもらった小旅行のことを、『京都・滋賀へ』と題した作文にして提出していた。ある新聞社主宰の作文コンクールに、担任の三好昌子先生がその作文を、知らないうちに応募してくれていたのだが、運よく兵庫県の代表作品に入選した。

友達はいたものの歩けないために、一緒に遊べないことが多かった。もともと読書は好きだったが、この入選がきっかけとなり、学校の作文の時間が好きになった。家でも作文や詩を書くことに夢中になっていった。四、五年生担任だった三好先生が、うまく文章力を引き出し、いろいろな大会に出品してくれたのが、次々入選していった。

三好先生は、体の不自由なわたしが、文章力を伸ばして将来に活かせるようにと、実家の両親に言って、小学五年の時に、最初の文集『ふたば』を作ってくれた。こうした一連の出来事が、詩作をライフワークの一つにしている今のわたしに繫がったのだろう。

しかし、最初の入選作品を出す時は大変だった。締切日に間に合わそうとしたが、あいにく台風で雨風が吹き荒れていた。郵便局に行くのを躊躇したものの、担任としての仕事と思い直し、ずぶ濡れになって郵便局へ行ってくれた。そのことは後になって知った。


〈福祉への芽生え〉

四年生の春に義姉に買ってもらった『ヘレン・ケラー』の伝記を読み、将来、体の不自由な人のために尽くそうと、子ども心に決意した。

そのことは、最初に作った文集『ふたば』の中に、「ヘレン・ケラーを読んで」と題した読書感想文に記している通り、わたしのライフワークの一つとして、現在活動している福祉運動の端緒が、この時に芽生えたことは確かである。

後に、叔母を亡くしてから思ったことの一つは、叔母がまさしくサリバン女史のような存在だったということだ。わたしの方はまだまだ目標のヘレン・ケラーの域に程遠いけれど。

この直後に、わたしが生きていくうえで基本となる精神や人生観をもたらした出来事が、級友の影響で起こった。その友は、わたしの人生に大きな影響を及ぼし、わたしの心の守り神のようになっている。

彼は、不意打ちにわたしを残し、若くして亡くなったが、その悔しさと感謝の気持ちで書いた一編の詩を捧げたい。

※　※

台風無情

中学生にあがる
春休みのある日
初めての釣りに
高瀬が押してくれる
車いすの上で、
私は胸を躍らせていた

保育園児の一行と出会って
目を少し伏せた私に
後ろから低い声で
そんな態度でいたら
つき合いやめるぞ
頭を一撃する言葉

目覚めたその日から
目をあげた
背すじをのばした

小学校・中学校と
教室の移動では
手すりのついた
木製の特注椅子を
いつも運んでくれた

学校が別々になっても
ハンをついたように
週に一度はニキビ面を見せ
福祉のありかたをまくし立てた

キャンプなどで
人手がいる時は
必ず手足になってくれた高瀬

結婚式の日
普段着でやって来て
浜野を
多鶴子さんにとられた
叫んだ高瀬は
関東で学童保育をし
帰ってこなくなった

川でおぼれた子どもを助け
自分は増水した水に流され
帰らぬ人になった
と　知らせがきた

葬儀に行きたい
最後の別れをしたい
おまえを怒鳴りたい
けれども私には
埼玉はあまりにも遠く
大型台風が荒れ狂っている

※　　※

高瀬雄一郎のような級友もいたが、逆にわたしを特別視して、〝差別〟扱いする級友もかなりいた。

特に、小学四、五年の頃が一番激しかった。今風に言うと、〝いじめ〟の一種にあたる。〝障害〟があるというだけのことで、汚い者とされ、声もかけてくれず相手にもしてもらえなかった。

答案用紙を前から配る際、わたしが触れた紙を触った級友は、イヤな表情を露骨にしてその手を洗ったり、ハンカチで拭いたりした。担任の先生が注意をしてくれたが、それで収まるどころか、先生のいないときにはもっとエスカレートした。

級友が遊んでくれたり、叔母が勇気づけてくれても、徐々に学校に通うのが嫌になりはじめ、「どうして、わたしだけが……」と思い込みかけた。

叔母は、わたしの心が荒まないように、近くの教会にわたしを連れて通ってくれた。わたしはいつしか、清い死に憧れるようになった。その頃、流行っていた、ペギー葉山の歌『学生時代』のように。

今も、この歌を聴くと、辛かったこの時期を思い出し涙がわいてくる。この頃の教会通いが、洗礼こそ受けていないけれど、現在のわたしが平和活動などをしている源泉になっているのは確かなことだろう。〈清い死〉への憧れも、いつしか博愛の精神へと導かれているのかもしれない。

小学校時代で、忘れられないことが、もうひとつある。

それは、初恋の体験をしたことだ。小学五年生の二学期から約半年。どういう訳か分からないが、級友のある少女を意識しはじめた。いつも少女を注視し、発表などの声を聞くだけで胸が震え、天使の声のように思い憧れるくせに、目が合いかけると、わざと目をそらせた。級友に頼んで、その少女の写真を手に入れて、肌身離さない日が続き、その間は、学業も手につかなかった。

大きくなってから友人に話すと、「おまえ、おませやったんやな」と言われたが、就学猶予で三年遅れていたので、普通の中学二年の歳なら、当たり前だったのだ。

五　自己変革

叔母は、わたしが中学一年の秋に倒れ、翌年の八月一日、ガンの病魔に侵され帰らぬ人になった。

わたしは、叔母が入院した秋から実家へ帰った。それ以外に方法はなかったものの、いざ実家に帰ってみると、両親は可愛がってくれたが、父は事業のために週一、二度ほんの少し顔を見る程度。父に抱かれたことは一度もない。

すぐ上の兄とは歳が七つも離れていたこともあって、兄たちは、ほとんど相手にしてくれなかった。

日曜日だけ帰っていたが、〝生みの親より育ての親〟ということわざの通り、まるで他人の家に思えた。語りかけてくれる言葉に温かさを感じることはなかった。

この時期、父の事業の関係で西隣の広畑製鉄所で名高い姫路市に転居し、わたしは越境通学をしていて、近くに友人、知人は誰もいなかった。

小遣いに不自由はしなかったが、愛に飢えていた。

〝誰も守ってくれる人はいないのだ〟

わたしは決意し、自分で生きていかなければならないと考え、ガラッと性格が一変した。どんどん積極的になり、親友と遊び語らい、一緒に行動することが多くなった。学校でも自ら発言し、親友の輪を増やしながら、その中心的存在になっていった。

堰を切り、ゴーイング・マイウエーの心境だった反面、級友は皆年下になるため、弱音も吐けずにふと寂しくなると、年上の甘えられる姉のような人が欲しいと思った。そして友に頼み、車いすを押してもらって、あの荒井川のほとりに連れて行ってもらい心を癒した。その思いが、後になって年上の妻《めと》を娶ることになろうとは。

〈夢果てる〉

わたしの成績は、進学率の高い高校に進める成績を収めていた。マンモス校、一学年四百名以上いる高砂市、加古川市組合立の宝殿中学校で、六十番以内にいたからだ。

叔母の教え通り、〈勉強だけは人に負けないように〉と自分でも思うようになっていたわたしは、負けん気が強かった。確か一年生の二学期、母の制止の言葉も聞かず、中間テストを受けた。最後の試験で、熱のため鼻血を出して、血染めの答案用紙を提出した後、気を失い保健室に運ばれた。しばらくして気がついた時のテスト結果は、主要五教科の平均点が中学生活で最も良かったことがある。むろん、高校どころか大学への夢も抱いていた。

だが、人生は順調には行かない。

※　※

叔母が他界して、約四カ月が過ぎた頃、突然左足の痛みに襲われた。急いで、定期的に診てもらっていた、のじぎく園に診察に行くと、主治医の院長先生は「脳性小児麻痺からくる極度の緊張から、幼い頃に患った脱臼に響いていて、放置しておくと、また、脱臼する恐れがあるので、筋だけ二、三本切断したほうがいいし、痛みもとれると思います」と言われたが、この手術を受けるということは、自力歩行の道を半ば断ち切るものだった。

決心したのは、一日も早く勉学に復帰し、夢を叶えたい一心だったためである。のじぎく園で手術すると付き添いができない。初めての手術だったので、とても不憫と思った両親と叔父は、主治医に相談して、院長先生の友人が開業している高砂市の東隣、加古川市の浜側にある芦田医院に入院させることにした。主治医の坂田院長先生に、出張手術を受けることで話がまとまった。

父の家業の鉄工所が、最も栄えていた時だったので、お金に糸目はつけなかった。叔父と母が交代で付き添ってくれたが、父は一度五分ほど見舞いに来ただけだ。いくら家業に追われていたといっても、あまりにひどいことだが、それでも素直に育つことができたのは、いかに叔母と叔父の愛が大きかったかということだ。

二カ月の入院で復学して、期末テストを受けた。国語や社会は、さほど影響を受けなかったものの、英語・数学はガクッと成績は下がり、一流高校から二流高校へと目標は落としたが、大学進学の希望は持ち続けていた。

病魔はさらにわたしを追いかけてきた。

一年も経たないうちに、左足の股関節に激痛が襲いかかってきた。のじぎく園の坂田院長に、再度診察に行き相談した。

「応急手術では治りませんでした。こうなると、股関節の一部を切除しないといけませんね」

　叔父は、即座に尋ねた。

「脱臼なら、手術しなくてもギブスを巻いただけで治るのでは……」

　坂田院長は、諭すように説明したのだが、聞く者の耳には冷たく響いた。

「普通なら脱臼は再発しません。しかし、脳性小児麻痺の患者さんの場合、緊張が強く、一度はめても十年も持たないでしょう。我々医師としても、なるべく手術は避けたいのです。なぜなら、脳性小児麻痺の治療法が発明された時に、股関節を切除していたら駄目なのですから。しかし、脳性小児麻痺を根本的に治療する技術が、浜野君が生きていられるうちに、確立されることはないでしょう。それなら、痛みから解放したほうが、ご本人のためになるでしょうから」と言うのだった。わたしは手術を受けることになった。

　少し大掛かりな手術になるため、のじぎく園に三カ月入院し、術後一カ月は、大ギブスと言って、足の先から胸まで石膏を巻かれベッドの上で生活した。

　養護学校は併設されていたが、治療に専念するしかなかった。養護学校を利用して勉強することは残念ながらとても無理だった。

〈三度目の宣告〉

院長は患者を持てない。代わりにこの時の主治医の中山ドクターは、今年の春まで主治医だった。十年ぐらいした頃から、わたしの顔色を見て、「一度内科で診てもらえ……」と言った。近くの病院に行くと、何か異常が見つかったが早期発見で治った。

成長期にさしかかっていたわたしは、背骨が左に湾曲しはじめていた。

「どうしてだろう？」と軽く考えていた。

そんなある日、中山ドクターは、わたしを面談室に呼び出した。

「浜野君、気がついているやろ。最近、背骨が曲がってきているやろう」

「はい」とうなずいた。

ドクターは座り直して言った。

「よく聞けよ。それは、麻痺性進行性側湾症と言って、骨の進行が止まっても、無理をすると進行して、あまり湾曲すると心臓を圧迫して死に至る場合がある。

君は、現在、年に七度曲がっているので、このまま進むと二十歳か、長くて三十歳までかな。しかし、じっとしていても進行するかもしれない。無理をしたら、進む度合の確率が高いというだけや。どちらを選ぶかは、浜野君に任せる」

その夜、一睡もできずに考えに考え自分なりの結論を出した。

それは、

〝どうせ死んだ命。たとえ若死にしても、自由に生きていく〟わたしは決意したのだ。

中学三年の二学期のことだ。

一年間で六カ月の欠席は、進級できないのだが、幸いなことに、わたしの場合、二年生と三年生にまたがっていたので、普通通り卒業はできた。

成績は急降下の一途を辿り、普通高校への道は絶たれた。寮生活が困難なため、姫路市の西隣、醬油の生産で有名な龍野市に建てられたばかりの、兵庫県立播磨養護学校高等部の聴講生として入学したのだ。

わたし自身を含めて、両親や叔父が、あっさり、自立歩行不能への道に踏みきれたのには訳がある。

一度目の手術に追い込まれる前の、中学二年生の五月に、ある出来事があったためである。

処女詩集『人間―情念―』の中の五月三十一日付の詩に記している。

※　※

心のともしび

――四年前の
　蒸し熱い初夏

東京のある病院へ
母と兄の三人で

一筋の光を求めて――

それは、
『脳に穴をあけ
　針で運動神経を呼び戻す』

という、
画期的
かつ、最終的なものである

むろん、
「恐ろしい」という気持ちもあった
がしかし
それよりも
〝松葉杖ででも……〟
という切願が
私を押し包んでいた

だが、
結果は無情
――生涯、車いすでの生活――

帰途の大阪空港
テールランプと
無数の光彩が
闇夜に滲んでいた

その中で
私は誓った
「同じ境遇者の光となるのだ」と

※　※

六　ライフワークへの一歩

前にも書いたが、わたしは、現在ライフワークとして、福祉、文学、平和の運動をしている。

その第一歩は、中学二年生の五月に、「あゆみの箱」の第一回チャリティーショー大阪大会がきっかけとなり、福祉活動を始めることになった。

〈あゆみの箱の運動〉

まず、「あゆみの箱」について少し説明しておくと、芸能人の森繁久弥・伴淳三郎、作家の水上勉、評論家の秋山ちえ子らの発起人によって提唱された。

〝身体障害児（者）のための、愛の募金箱のことで、箱の大きさは縦十センチ、横二十五センチの木製の小さな物で、一面に、「心身障害児（者）に愛の手を」と書かれた物〟だった。

後になって善意であっても偽善的な面が強いと気づくが、その頃のわたしは、〝生まれながらに障害を持った僕が、この箱を通し、僕と同じ不運な星の下に生きている幾多の人々に、少しでも役立ちたい〟と思い、箱を預って帰った。

伴淳三郎氏の温かい言葉と、

「浜野さんの、こころやさしく」の色紙に胸をうたれて。

街頭に立ち募金運動をしようと考え、友人に声をかけると、あの高瀬をはじめ、ほとんどの友が、「一緒にやるで……」と賛同してくれた。

しかしわたしは、ただ募金を集めるだけでは……と釈然とせず、考えた末に、わたしの作文コンクールで入選した作品を中心に、詩・短歌を編集して、小文集にまとめ、募金してくれた人に配ろうと思った。

これには、高瀬たち一部の級友のアドバイスがあった。


放課後交代で編集、ガリ切り、印刷と、多くの友の献身的な協力によって、約二十ページの文集が百冊出来上がり、表題はみんなで考え『雑草』と名づけた。

夏休みに入ると、早速、クラスメート十数人の協力を得て、高砂市・加古川市・姫路市の目抜き通りや駅前で、募金運動を始めた。文集『雑草』が足りなくなると、街頭に出ない仲間が増し刷りをしてくれた。

新聞報道の影響もあり、募金運動は話題となり、夏休みの六回で箱一杯になった。金額は約十万円にも達していた。

わたしは、炎天下一緒に募金の手助けをしてくれたクラスメートや文集を作ってくれた仲間の姿を思い浮かべた。それに、募金してくれた方々や励ましの便りを下さった善意の輪に触れて、これからの人生の糧としようと思った。感謝の気持ちで胸が熱くなり、とめ

ども なく涙が溢れた。

だが、世の中は善意だけではなかった。

デパートの一角や心ある方の店先にも、「あゆみの箱」を置いてもらっていた。

ある日、某新聞社の記者が来て、「Yデパートに置いていたあゆみの箱が箱ごと盗難にあった」と知らせてくれた。

私はインタビューで、

「とったことを責めないから黙って箱を返してほしい。善意がこめられているので……」と紙面から呼びかけたが、とうとう返ってはこなかった。

しかし、この時の自信が、福祉活動を続けるエネルギーになった。

そして、卒業の時、わたし個人と、わたしを支えながら協力してくれた仲間六十名が、兵庫県の善意の人や団体に贈られる「のじぎく賞」を受賞したことは、友人たちの援助に感謝していたわたしにとって何よりも嬉しいことだった。

だが反対に、わたしやその仲間をねたむ者がいたことは、寂しかった。それでも仲間の輪が大きかったし、そんなことにこだわらない若さがあって、いつしか小さな峠を越えていく試練としてみられるようになっていた。

この運動は、約五年続けた。それが詩作の師、ひいては文学の道に導き指導してくれる人との出会いになるとは、夢にも思わなかった。

同時に一連の運動を黙って自由にさせてくれた担任の先生や学校関係者に、改めて大きなご恩を受けたことを嚙みしめている。その時には当然としか思えなかったのだが、世間を知らなかった未熟さに今は苦笑させられる。


〈文学への道〉


三好先生の気持ちを引き継ぐかのように、中学校の三年間、国語担任で、一年生と三年生の学級担任だった北野先生のことは忘れられない。わたしに募集要項を渡して作文・論文大会や読書感想文の大会に次々出品するように勧めてくれた。参加する大会では、ほとんど入賞していった。先生はその都度わたしを持ち上げて激励してくれた。波に乗ったわたしはますます面白くなり、知らされた大会はジャンルを問わずに出品した。

しかし、論文大会に出品するには大変な苦労がいった。ただたどしいながら自分で筆記できていたが、四百字詰めの原稿用紙を一枚埋めるのに、四時間を費やしていた。

締切日までに各教科の宿題をし、大会に間に合わすために十二時を過ぎてから、床につくこともしばしばだった。

北野先生は、自信をつけさせるのを優先させた。疲れたわたしを見かねた北野先生が、ある時、締切日までに余裕のない大会のことを伝えた時のこと。

放課後、小声でわたしに、

「国語の宿題放っておいていいから、論文大会の原稿書いてきてね」と言われたこともある。

この発言は、北野先生の思いやりが強くはたらいていただろうが、学校全体の考えも影響していたと思う。それは、大会に入賞すると校名が新聞に載り、時には大きく報道されたからだ。もちろんわたしにとっても誇りであったが、学校にとっても嬉しいニュースだったからであろう。

卒業式に合わせるように、北野先生の計らいから、中学生時代に書いたものをまとめて文集『ふたば』二号の誕生となって、わたしは一生、文筆をやりたいと思うようになった。

平和に対する思いも、文集『ふたば』にかなり書いている。これは、前に述べたように、教会に通ったことが大きなウエートを占めていたことと思う。こうして、ライフワークの基礎は、中学生時代にほぼ固められていた。

七　青春時代

養護学校高等部に入学して、まず疑問を持った。

それは、聴講生は卒業証書をもらった後に、高校卒業の認定試験を受けないと、「高卒」の資格が認められないことを知ったためだ。寮生と同じように机を並べ勉学するのにどうして……と思った。


〈平手打ち〉

クラスメートと別々になり、戸惑いや寂しさはあったが、わたしより軽度の人に助けてもらうことはあったし、障害を持つ仲間と語り合えたことは、とてもプラスになった。

養護学校での思い出には、忘れられないものがある。

聴講生のわたしは、保健室で昼食の弁当をとっていた。ほとんどパンと卵を弁当として持って行った。

どういう訳か、中学部の養護教員の藤田先生が細かく指導してくれた。

昼食を見て、「栄養を取らなければいけませんね。牛乳を飲みなさい」

好きでもないのに先生の判断で、学校でとって毎日飲まされた。

家に居ても面白くないし、寮生にだけは負けたくない！の一心で、微熱ぐらいでは学校を休まなかった。ある日の昼休みだった。「顔色悪いやないの。体温計ってみ」額に手を当てながら言われた時は、必ず三十八度近くあり、隣部屋だった体育室の男の先生に言って、無理やりベッドで寝かされた。

ある日、何時間目かの授業を受けた後、あまりしんどいので、級友に車いすを押してもらって保健室に行った。

「藤田先生、ちょっとしんどいから休ませて……」と言った。

わたしの顔を見るなり、先生は尋ねた。「どうしたの」

いつものように、わたしをベッドに寝かせてから、体温を計った。

「四十度もあるやない。朝からしんどかったんやろ？　浜野君、頑張るのもええけど、体が一番大事やから少し気つけなさいよ」と言って校医に電話をかけはじめた。

「お医者なんか呼ばんでもええ。体なんかどうなってもええねん。好きなことして死ねたら本望や。放っておいて……」

と言ったとたん、藤田先生は氷枕を用意する手を休め、いきなり振り返り、わたしの頬を無言のままぶった。この分からず屋先生と瞬間思った。

初めて受けた平手打ち。痛いというより、じんわり温かさが伝わってきた。

土曜、日曜になると、高瀬を中心にした親友たちが遊びに来てくれた。特に、高瀬は高校で友達になった仲間二人を連れてやってきて、四人で福祉論を語り合い、時には徹夜になることもあった。一人は同和出身者、もう一人は女性で、目の病気があり、子どもに遺伝すると告知され、結婚について悩んでいたクリスチャンだった。徹夜になる時は、彼女に帰宅してもらった。


一学期の終わり頃より、またまた左足に激痛が襲いはじめた。二学期に入ると、たまらなくなって、のじぎく園に再度入院した。

ベッドの上で、内緒で持ち込んだラジオを聞いていると、ある有名な作家が、「大学まで行きましたが、小説を書くうえで役だっていませんね。強いて言えば、生活する中で、三角形の道があると、底辺を歩くと近道になることですかね」とジョークを交えて話していた。

聴講生のあり方に疑問を持ち、中山ドクターの忠告を思い出し、ある作家の話を耳にしたわたしは、大ギブスのため、毎日毎日、天井とにらめっこして考えた。勉強をとるか、命を大切にするか、果てのない迷路の連続だった。

ついに決意した！

〃退学〃しようと……。

物理や数学の勉強もしたかったけれど、短命と言われたわたしは、断腸の思いで直接関係する勉強をやっていくことにした。


〈青年の主張を体験して〉


わたしはのじぎく園に二度目の入院をする前に、ＮＨＫの「青年の主張」に応募していた。入院してから原稿審査がパスして、県大会の通知が届いた。

手術の予定が大会少し前になっていたので、わたしは主治医に、

「経験のために出場させてほしい」と祈る思いでお願いしてみた。

「君の言語障害は、緊張するほどキツクなるから、恥かくだけかもしれへんけど、そんなに言うねやったら、手術延期してやるから行ってこい」と許してくれた。

わたしは、病室仲間に聞いてもらって、大会までの約二週間毎日練習し、大会直前には、原稿用紙五枚を暗記していた。内容は、「あゆみの箱」の運動のことだった。

大会当日、外出許可をもらい、叔父と母が、長兄の運転する車で迎えにきて神戸の会場

へ向かった。

四十分余りの道中、車内はほとんど無言だった。家族も期待はしてなかった。それよりもただ落胆しないようにと思っていてくれたのだろう。叔父がポツリと到着直前に言った。

「全力でやったらいい。結果なんか、どうでもええんやで」

しかし、わたしは燃えていた。ほとんどつまることなく言えた。

審査結果は、優秀賞であった。

そして講評では、「最優秀の人と、優秀賞の二名は、甲乙つけにくいほどでした」と言ってもらった。叔父は涙ぐみ、母はキョトンとして声がしばらく出なかった。ただ叔母がいてくれたら、どんなに喜んでくれただろうと思うと、胸がしめつけられそうになった。でも、きっと叔母は天から見てくれていると思い直した。わたしは意気揚々と帰った。

手術後、二週間ほどして録音放送があり、主治医や看護婦さんたちと聞いた。聞き終わると、ドクターは、

「立派、立派。浜野君、ボク脱帽や」と言って、手をギュッと握りしめてくれた。目は真っ赤になっていた。

わたしにとって、これが大きな自信となり、この後講演していく道筋になった。

〈相談相手と付き添い〉

話は少し戻る。

わたしが、車いすを初めて使うようになったのは、小学四年生の夏だった。

ずっと大きな乳母車を利用していたが、体裁を構うようになりはじめていた頃にやっと、車いすが登場したのである。初めて車いすに出会った時だった。

「格好いい！　これが、わたしの足になるのか」と思い、感無量だった。

叔母が、中学一年生の一学期の半ばまで付き添ってくれた後、しばらく浜野の四兄が付き添ってくれるようになっていた。子ども好きだったので表面上は良かったが、どういってみたところで、やはり男である。かゆいところに手が届かないもどかしさがあった。兄なりに精いっぱい努力してくれたが……。

叔母が他界した後、日ごと寂しさが増してきて誰かに話したかったが、家族には言えない。親友は皆年下で、少しわたしも突っ張っていたので、弱みは見せたくなかった。さりとて、叔母の存在や偉大さを親友に求めるほうが、土台むりである。

考え抜いた末、のじぎく園の母子入園の際に、わたしを担当した女子大生の姉さんのことをふと思い出した。そうなると一途に〝会いたい〟と思いが募った。時々遊びに来てくれていたので、住所は分かっていた。

西宮市の駅近くだが、家族に言っても無駄と分かっていたので、級友たちに頼み、電車で行くことにした。級友たちは、快く引き受けてくれて、二人の級友と国鉄宝殿駅に行った。

障害者手帳を持っていたので大丈夫と確信していたが、「危険だから……」との理由で乗車拒否された。

中学二年生の八月末のことである。

しかし、それぐらいのことで諦められなかった。一週間後、今度は友達四人でアタック。係員が違っていたので無事乗車できた。「気をつけてな」と言って。

車いすでの初体験であったが、そのことに対しての喜びよりも、西宮に住んでいるお姉さんに会える喜びで、胸がいっぱいだった。尋ね尋ね目的の家に着くと、友達に、

「二時間ほど二人にして……」と言うと、気軽にどこかに行ってくれた。

二人きりになったとたん、

「お姉ちゃん！　僕どうなってもいい。もうあかん」と泣き崩れた。

西宮の姉さんは、急に厳しい顔になり、

「伸二郎君、なに弱音言ってるの。辛い気持ちは分かるよ。でも、そんなこと言うたら、一番に叔母さんが悲しむのよ。そのような伸二郎君、お姉さん嫌いや。泣くようなら、も

う来ていらん」とピシャリ言い放った。そんな言葉は予想もしていなかった。

わたしは、迎えに帰ってきた友達と、うつむき加減の気持ちのまま一礼して黙って帰宅した。これほど真剣に叱られたことはなかった。

一カ月ほどして再び訪ねた。

「お姉ちゃん、この間はゴメン。僕、頑張って古城のおかあちゃんに褒められるようにする」と言い切った。

「さすが伸二郎君。やはり偉いね。ほんまにお姉さん嬉しいわ」と初めてニッコリ微笑んでくれた。


実家に帰ってから、わたしの日頃の相談相手となって、学校に持っていくハンカチなどを用意したりして気配りしてくれたのは、次兄のお嫁さん、亜紀姉さんだった。わたしが十五歳の一九六七年に嫁いできた。

次兄は、父がしていた事業のアベックホテル経営と不動産の仕事が忙しく、まだ子どもも生まれていなかったので、必然的にわたしの相手をしてくれるようになった。そんなことで家族の中では一番に気がつく存在になっていた。

しかし、叔母の献身的な日常のことは、ほとんど知るはずがない。わたしの方も世間というものを知らずに、ただ当然のこととして、愛情を期待しているような甘さがあった。一つずつ、家族の中から学んでいく立場になって、うっすらぼんやりと世間が分かりだした。だから亜紀姉さんの当時の思いやりには大変感謝している。

四兄が学校の付き添いはしてくれていたが、大学に通っていたし、やがて就職だった。いつまでも、わたしにかかっておれない。

父は考えて、亜紀姉さんのお父さんである島本のおじさんに頼んだのだ。勤めていた会社の大阪ガスは定年になるし、自動車の運転は確か。その上、元気だったし、わたしを抱けるのだった。これ以上の好条件はない。父は強引だった。財力に任せ、夫婦で迎えることにした。住み慣れた大阪を離れることに未練を持っているのを説き伏せた。

わたしが中学二年生で、十七歳の時の話だ。

父から頼まれた島本のおじさんとわたしはスムーズにいき、わたしの介護を献身的にしてくれた。ところが、わたしがのじぎく園に再入院した時、突如島本のおじさんから手紙が届いた。

面会日に顔を見せないので不思議には思っていたが、手紙を読み愕然となった。その内容は次のようなことだった。

――伸二郎さんは好きなんやけど、伸二郎さんのお母ちゃんと気性が合えへんねん。伸二郎さんの自由が利かなくなって悪いけどもごめんな。おっちゃんは伸二郎さんの足になることは構わないけれど、お母ちゃんの奴隷とは違う。これ以上、おっちゃん辛抱できへん、伸二郎さんかんにんしてな。おっちゃん、辞めることにした――

わたしは呆然となった。

母の悪口を言うつもりはないが、裕福になるにつれ人をお金で使うようになっていた。このことは父にもあてはまった。

わたしは、兄たちに頼っても十分に動いてもらえないので、何とか自ら介護者を探した。しかし、気心知った級友のほとんどは、大学生だったために、ほかから探すしかなかった。

そこで、十八歳の時、のじぎく園で知り合った、交通事故で片足を引きずって歩く軽度の障害者の小野君という人に頼み、住み込みでわたしの身の回りのことをしてもらった。よく助けてくれたが、こんどはわたしが小野君の将来に責任感を強く持ちすぎたようだった。それが小野君に全幅の信頼をしていないように受け取られ二年で辞めていった。わたしが若く、彼の気持ちを十分に把握できなかったのだ。今では悪かったと反省している。わたしの付き添い探しは、これで終わることになった。いらなくなったからだ。しかし、付き添い探しをしている間に、いつしか自分に嫌な癖が身に付いてしまっていることに気づいた。それは、人の顔色を見て相手の心を読みとってしまうことである。

八　独学と活動の実践

決心したわたしは退院して、一応周囲の人たちに相談した。意見は、賛成派と反対派で拮抗していた。迷ったあげく、三学期末に退学届けを提出した。

校長先生は、何度も家に来て退学を取り止めるように説得してくださった。けれども状況からみて、残念だったが、意志は変わらなかった。

退学を機に何とか世の中に遅れないようにと焦った。心理学、哲学、仏典、歴史、経済、校正、簿記、詩作、作曲など、自分が必要と思うものは背伸びして片っぱしから学んだ。

ジャンルを問わず、音楽が好きだった。退学後の二、三年間は家にあったピアノを左手で弾き、数曲作曲したことがある。なんの気なしにペンネームで、ＮＨＫの「あなたのメロディー」に応募したら偶然当選して、テレビで流れた。

嬉しくはあったが、作曲は興味本位だったので、ためらいもなくやめた。今でもテレビの音楽番組はよく聴く。たった一度でも当選したことが尾を引いているのだ。結婚までは、フォークソングが流行っていたので、よく口ずさみ心の糧とした。今も、そうした傾向は残っている。

〈雑草の会の設立〉

養護学校を去って直ちに行動を起こした。もちろん下地は用意していた。

一九七〇年六月二十八日。

〝障害者と健常者とが共に力を合わせ、障害者の福祉向上を目指す〟ことを趣旨として、お互いの親睦を図りながら、社会に対し啓蒙活動を行うことを掲げ、養護学校の仲間と、わたしの中学時代の仲間十六名で、「雑草の会」を設立し、当然のことのように会長に納まった。いい気になって夢だけが膨らんだが現実は厳しい。いざ趣旨ひとつを考えるにしても、お手本にする会はなかった。

姫路において、その頃あった福祉団体は、姫路市立書写養護学校の父母が運営する、

「はげみ続ける親乃会」「姫路市身体障害者協会」「姫路市社会福祉協議会」ぐらいだった。

わたしたち「雑草の会」の特色は、障害者と健常者を区別しなかったことである。

それは、提唱者のわたしが普通学校と養護学校の体験をしていたので、〝障害者は物理的に健常者の手助けが必要だった。だが、精神的な面においては、障害者が健常者の助言者になることもあるので、同じ一個の人間として相補う面がある〟の考えに立脚していたからだ。当時も珍しかったが今でも、このような考え方を持った会は、それほど多くはない。

約十年ほど前まで社会福祉協議会に登録を拒まれた。理由は、障害当事者の会でもないし、ボランティア組織でもないとのことだった。官庁というところは実情よりもワクを作って、それに合わないものは異端として取り合ってくれない。

けれど、わたしたちは、逆にそうしたことに迎合しないでやってきた。自発性や工夫を大切にしよう。お互いの条件や立場の違う者が共同してやっていけば、官庁主導のものとは、また違った成果が生まれるかもしれない、と考えたからだ。何よりも実績を積むことで信用してもらうしか、道はないのである。

〈詩作への転換〉

高校を退学し困ったことが一つ生じた。

何かというと、文筆活動を続けていくための弊害だ。

わたしは主に論文を書いており、学生時代の大会は、長さが原稿用紙五〜十枚までだったが、一般社会人になると大会の枚数規定が、三十〜五十枚となり、書く意欲はあっても、とうてい締切日に間に合わなくて歯が立たなくなり、思案にくれる日が続いていた。

そんなある日のことである。「あゆみの箱」の運動で、文集を売り続けていた。

その文集を買って、

「君んとこの由美ちゃんみたいな少年がいた」と由美さんのお父さんに持っていった詩人がいた。由美さんのお父さんは、清川さんという詩人であった。

奇遇にも、わたしは由美さん宅を訪ねていた。それは、「車いす使用者の由美さんが、普通高校を目指してチャレンジしている」とどこかの新聞記事を読んだからである。

清川さんの家は、姫路城南校区のお城本町だった。空襲を受けた直後、お城の前の広場に、すぐに建てられた急造の木造の町であった。家々が折り重なるように並んでいた。そこにスピードタイプの古びた小さな看板があった。

まさか、お父さんがこの地方で有名な詩人とは知る由もなかった。

「雑草の会」の勧誘を兼ねて、二度目に由美さんに会いに行った時だった。

「由美おれへん。君か、街頭で文集売っていたん……」

タイプを打つ手を休め、ギョロッとした目つきで、わたしを見つめた。机の上にあった本を指差し、

「これ読むか？」と言った。

「ハイ、お借りします」と返事し、家に帰ると早速読んだ。詩集の題は『原爆詩集』、著者、峠三吉と書かれていた。引きつけられ、夜中までかけ読み終えた。

しばらく呆然となりハッとした。十六歳の夏休みに見た光景が、クッキリ浮かんだ。脳性小児麻痺のセミナーが広島であり、友人と一緒に参加した時、ついでに平和資料館を見学した。

驚きは持ったが、その時は予備知識もなかったので、それほど感動はしなかった。だが、この詩集を読み、そのひとつひとつが胸を熱くさせた。

「詩でも訴えられる。わたしも詩を書けばいいのだ」と思うとともに、平和運動の大切さも教えられたのだ。これで、現在ライフワークにしている福祉、文学、平和の活動の源と出会えたのだ。

〈初めてのキャンプ〉

「雑草の会」発足の翌年、会員は五倍ほどに増えていた。みんな若い者ばかりだから、「キャンプに行こう」の声が出た。恐れを知らぬ者の声は高まって、あっという間に計画が立てられていった。

だが、その頃養護学校などでしていた〈安全第一〉のようなキャンプにはしたくなかった。それだけに執行部で入念に討議して、冒険を伴いつつも安全な計画案を発表した。その過程で公募もした。

◎骨子

場所・淡路島の慶野松原海岸

交通・貸切バス

期間・二泊三日（宿泊はテント）

定員・五十名（家族参加は控えるように）

医師、看護婦同伴

この発表に対して周囲の方々の反応は、「事故が起きたら浜野君の責任やねんで……」というものがほとんどだった。

忠告は、心配のあまりに言ってくれたので有り難かった。しかし、そんなことで計画を断念することはできない。不安な気持ちを抱えながらも決行することになった。血気盛んな若さのせいもあったのだろう。

地元の警察署や消防署に連絡をとり、各担当者には、前もって注意するなど、細部にわたり気を配った。

各人の協力で無事に成功した。すると、翌年から養護学校でも校舎を使わず、テントを使用したキャンプを始めた。わたしは、このことで何事も準備を万全にして細心の注意を払いながらも、勇気を持って行動することの大切さを、身をもって学んだ。

〈活動と勉強〉

「雑草の会」の活動をしながら、詩作や平和活動の勉強を実践とともに行った。負け惜しみも多少あったが、学校と違い活き活きとしていた。

なかでも、詩作は面白く自分なりに通信教育で添削を受けて、清川さんたちの同人誌『文芸日女道《ひめじ》』を読んだ。

そして、二年ほど勉強して、清川さんに見てもらった。当時、失礼な話だが、わたしは清川さんを「おっちゃん」と呼んでいた。キャンプをきっかけに、由美さんが「雑草の会」に入会していた関係で三十歳近くまで、ずっと「おっちゃん」だった。

どんな詩だったかは覚えていないが、とにかく一生懸命書いた。

「おっちゃん、これ……」と差し出した。

一読したおっちゃんは、「これが詩か！」

わたしの顔をギュッと見据えて言った。

「ちくしょう！　いつか見返してやる」

内心穏やかではなかったが、わたしの詩作に対する思いに火をつけた。

この少し前、わたしは『ふたば』三号を発行し、出版記念会を姫路のあるデパートで開いた。

恩師や友人が、まるで〝天才青年〟のように褒め称えてくれる言葉に、舞い上がりかけていた。その会も終わりに近づいた時、挨拶に立ったおっちゃんこと詩人・清川さんは、

「浜野君の作品は、まだまだ勉強しないと一人前とは言えません。皆さんは、善意で褒められましたが、本人のために、これからは、一人の大人として作品を評価することが大切です」

会場は一変して水を打ったようになったのだ。

わたしは清川さん宅を訪ね、「姫路文学人会議」で詩を書く決意を伝えると、清川さんは、

「たとえ病気、あるいは入院をしても、毎月作品を出せるか」と言った。

「はい」

発表しはじめた五十五号より、現在までの二十八年間、毎号欠かさず発表して九冊の詩集を編むことができた。

〈二度目の講演〉

十八歳から姫路だけでなく、関西一円の大学を中心に講演を始めた。わたしが二度目の講演以降、前もって原稿を書かなくなったのは、二度目の講演で、とんだハプニングがあったためだ。

ある大阪の女子大学の大学祭に招かれ講演した時のことである。

聴衆約一千人、講堂は満員。講師三名が、四十五分ずつ話す予定だったので、わたしは、与えられた分量を原稿用紙に書いておもむいた。

トップを切って、汗をかきかき半分ばかり話が進んだ時、横から白い小さな紙切れが入

って来て〝朱文字〟が書かれていた。

聴衆に気づかれないように読んだ。わたしは頭が真っ白になった。

何が書かれていたかというと、

「講師の先生一人が来られないので、三十分延ばしてください」

講演の経験も浅く、自分の持ち時間だけの原稿を書いていたので、しどろもどろ、何とか三十分余分に話はしたが、どのようにしてしゃべり、どういう内容だったかは、全く覚えていない。冷や汗をかいたことだけは忘れることができない。

それにコリて、前に書いたように講演は原稿を書かずに臨み、その場その場に合わせた話をするように努めた。講演をオズオズしないでやれたのは、あの「青年の主張」の体験が自信となって活かされていることに違いない。

今思えば夢のようなことだが、まだ若かったから招かれればすぐに飛び付いた。それに言語障害もあるにはあったがまだ進行中だったから、どうにか聞いてもらえていた。小学生から六十代までの人を対象にして、大小合わせて百回以上の講演をして回った。


〈大人を真似て〉

こうして、わたしは勉強をしながら、実践の活動をしていった。とはいうものの、わたしも若者のひとり。真面目なことを覚えるだけでなく、背伸びをしてお酒、タバコ、麻雀、パチンコ、成人映画の鑑賞……と、好奇心のおもむくままに快楽の道へと足を運んだ。障害があるなしにかかわらず、というより、わたしは健常者と対等に、そんな世界の話題でも仲間になりたかったのだ。おれも一人前だぞ、という気持ちが、自制力を失わせていたのである。

〝不良〟のレッテルも貼られかけたが、日常「雑草の会」などの福祉活動や講演、詩作、平和の催しに参加していたため、厳しいはずの世間の監視の目を逃れていた。

タバコは内緒で未成年で吸いはじめ、原稿を書くときの鎮静剤だった。多いときは一日二箱を吸っていた。

ところが、二十歳の時に主治医の中山ドクターが、胸のレントゲンを見て、「タバコ吸ってるな。お酒はかまわんが、タバコだけはやめておけよ。体、特に、浜野君の場合は悪いからな」と注意されてからスパッとやめた。なかなか普通はやめにくいらしいが、二年間の浅い経験だったので苦痛は感じなかった。

お酒は、未成年の頃から少しずつたしなんでいた。二十歳を迎えて友人とビアガーデンに行った。その頃は、人もまばらで、車いすを押してもらって行くことそのものが、ある意味で世間への啓蒙となった。

周囲の目は、白い目というよりも驚きのまなざしだった。その雰囲気は爽快そのものだった。多く飲んだ時は大ジョッキ二杯までは、平気で飲み干していた。

「雑草の会」のボランティアに工業大学生がいた。下宿に泊まり込んで徹マンをしながら、いろいろな種類の酒も味わった。

最もハラハラしたのは〝十八歳未満お断り〟の映画を見に行く時だ。なぜかというと、わたしが隠れ蓑に使われたからだ。わたしは、十八歳になっていたが、同級生は二、三歳年下だ。

私服に着替え、わたしの障害者手帳を見せて〝同級生〟として入った。しかも、わたしが姫路市に住んでいたことで、高砂市や加古川市にあった学校の先生の見回りは心配なかった。

パチンコは最近の機械より、昔のものの方が長く遊べ、手の不自由な障害者にとって使いやすかった。指一本でバネを引くと玉が弾かれた。今のコンピューターを導入した機械と違って、負けても時間がかかって楽しめた。たとえ負けても、それほど大負けはしなかった。

不思議なことは、誰もが言うように、列車の時間待ちなどでふらっと入ってすると、どんどん玉が出て勝つことが多く、思いを残して立ち去ったものだ。

また、この頃全盛期だったボーリングにも行った。横向きに寝転んで、ボールを押して転がした。ほとんど横の溝に入り、向こうのピンまで届かなかったが、たまに二、三本倒れると胸が躍った。

〈雑草の会とともに〉

そのほかに、福祉面では施設見学で九州一周をしたり、評論家の小田実氏と障害者の郵便投票の実施を訴えたりした。

文学面では、「姫路文学人会議」を中心として、清川さんのお世話になり、視野を広げ環境保護面も含めながら、いろいろな方と面識を持てた。

合評会は有志を募って、動けないわたしの家で特別合評会を開いてもらった。それまでに、数回事務所の合評会に参加したが、二階の急勾配の細い階段を若い会員たちが、お尻を押し手を引っ張るという大仕事であった。わたしも少し苦痛だったのである。

そのほか、一つ一つは、細かいことは覚えていないが、自分の思い通りに実践とともに勉強ができた。ボランティアの手を借りて。

「雑草の会」のボランティアは、マスコミと人伝《ひとづて》を通していろいろな所から集まってきたが、この頃には、障害者団体が、姫路の地にほとんど存在してなかったことも手伝っていたからだと思う。

キャンプとともに、障害者のまちづくり運動も大きな柱だった。

ボランティアだけでなく、総評などの労働団体、姫路文学人会議を中心にした文化団体、革新的な婦人団体などが賛同し、ビラ撒きをしながら、そぞろ歩きのデモ行進をした。

車いす五、六台で行進することは、一九七〇代初めの頃は、画期的なことだったのだろう。テレビ局も取材に来ていた。こうした動きが、昨今ようやく花を咲かせかけている。

もちろん、姫路だけではなく全国各地の運動と連動していたのだ。

〈未練を残して〉

十九歳から二十歳にかけて、またも足の激痛に見まわれた。

中山ドクターが言った。

「股関節からの神経を切断すればいい。それは、数カ月もかからんと思うが、リハビリテーション中央病院に入院して、精神や社会性を鍛えてみろ」

のじぎく園は小児専門だったので、この頃、成人専門の病院としてリハビリテーション中央病院が建設されたのだ。

そう言われて躊躇したが、わたしの最も欠落している面をズバリ指摘されたので、小野君もいたから、後ろ髪を引かれる思いで、春から夏まで約半年入院生活を送った。

キャンプは、外泊許可を取っていたが、毎日風呂に入れないことなどで、ひどい〝ただれ〟が出来て、参加を諦めるしかなかった。そんな中へ「無事に終えた」との連絡を受けた時は胸を撫で下ろした。

二十歳を目前にして、中山ドクターの〝死の宣告〟を真正面から考えるようになり毎日怯えていた。この時期から恐怖心との闘いが本格的になった。

秋に一時退院して、清川さんに詩集刊行を相談した。

「まだまだ未熟だが、君の気持ちも分かる。詩だけにするなら好きにしたらいい」

一応の承諾をもらい、二十歳を記念して、第一詩集『人間―情念―』を発刊した。わたしは、いつ死んでもいいと思い、遺稿集のつもりだった。

内容の評価より、社会的な評価は珍しさのせいで各方面で紹介された。

当時、完全なものではなかったが、沖縄本土復帰が一応実現したことは大きな喜びだった。それは、一九七二年のことである。

この頃、前に述べた理由で、小野君は辞めていった。

主治医との約束と、手術を残していたために仕方なく五カ月再入院した。文通など会員の交流は続けていたが、社会的には休会状態だった。

一カ月ほど短縮して、左足を完全に使えなくする手術を受けて退院した。退院を待ちかねたように仲間が集まってきて「雑草の会」の活動などに復帰した。

手術の後は活動面でも、勉強面においても比較的順調で、校正とカウンセリングの資格を取得した。二十歳までに約半年、ある印刷会社のアルバイトをした。結構いい小遣い稼ぎになった。その上、家の所在地が、お城の裏手にあってバスの便も良かった。歩いても姫路駅まで三十分ほどで、車いすで簡単に繁華街にも行けた。

〈絶筆宣告〉

二十歳を迎えると同時に、中山ドクターに告げられた。

「浜野君、もう自分で書くのやめろ。続けたら、不自由でも何とか動いている手が動かなくなり、座ることもままならなくなる恐れがある。君には、幸いボランティアが大勢いる。悪いこと言わんから、口述筆記してもらえばいい」

ショックではあったが直に慣れて、さほど不便さは感じなかった。そして、気持ち良く引き受けてくれた人たちに感謝している。

のじぎく園に入院していた、十八歳の時のことである。

淡い恋愛体験をした。相手は富田という保母さんだった。

いつしか富田保母と気が合って話しこんだ。福祉のことを話しているうちに、わたしを気遣ってくれる、こまやかで温かい心に触れて、本気で〝愛〟を感じた。猪武者のわたしは結婚を真剣に考え、告白の言葉をおくった。何かピリッとくるものがあった。

翌年、富田保母は「雑草の会」の執行部役員も務めた。わたしより二、三歳年上だったので相談や身の上話にも耳を傾け、どちらからともなくデートのようなこともした。

わたしは結婚しようと思った。とにかく家を出て独立したかった。暗い家から解放されたかったのだ。わたしのような重度障害者は、独立しようと思っても、今のような制度もなかったために、結婚以外に道はなかった。

わたしは二年余り思い焦がれた。しかし、富田保母は徐々に遠ざかっていった。三年目のある日、結婚したことを人伝に聞いた。

見事、失恋した。悔しいと思うより、もう〝恋〟なんかするものかと思った。障害のためとは思わなかった。

九　出会い

運命とは不思議なものだ。

失恋をして、〝恋なんかもうしない〟と思った日から半年足らずのゴールデンウィーク明けのことだった。

一本の電話があった。大阪の知恵遅れの施設で働く、吉田多鶴子と名乗る人から、「詩集のことで訪ねたいがどうでしょうか」という問い合わせの電話であった。

耳に響く甲高い声だったことぐらいの記憶しか残っていない。この種の問い合わせの電話はよくあったので、なんの抵抗もなく訪問を承諾した。

彼女が訪れる日、どんな人だろうなと軽い気持ちで想像しながら待った。

〈初対面〉

一九七三年六月の第三土曜日である。やってきた女性は丸い眼鏡に丸い顔、化粧気のない女性だった。後ろに束ねた長い髪が印象的だった。

どういう訳か、土曜日にもかかわらず友人は誰も来ず、昼過ぎから夕刻まで、ゆっくりいろいろな話が弾んだ。もちろん、メインは連休明けのある新聞に紹介されたわたしの第一詩集『人間－情念－』を仲間に売りさばいてやろうと、詩集を取りに来たのであった。

奇遇だったことに、彼女とわたしは、『人生手帳』という若者向けの月刊誌の文芸欄に投稿していた。選者は赤木健介氏だった。

先ほど書いた彼女の仲間というのは、『人生手帳』の愛読者が集まり、大阪の城東区を中心にした「緑の会」のことだ。現在は存在しない。若者が集まり、悩みなどを語り歌をうたい、詩や短歌を創作していた。彼女は短歌を詠む文学好きの若者で、障害の種別は違っても、仕事柄福祉には関心が高かった。お互い意気投合していくのが分かった。

わたしが、「雑草の会」を組織して、活動していることを話すと、目の色を変え身を乗り出して聞いてくれた。「でも遠いし、活動しにくいね」と言った。こんな熱心な人はめったにいない。わたしはこの人を逃してはだめだと思った。

「文通部も大切に考えているし、やる気があればできる、大丈夫や」と、わたしはすがるようにして勧めた。

吉田さんはその場で会員に加わり、詩集三十部を風呂敷に包み持ち帰ってくれた。

彼女との話で分かったことがある。

一つは、どうして姫路に来るのを躊躇しなかったかである。それは、彼女は住み込みで働いていて、実家が姫路市の西、赤穂郡上郡町だったから、家に帰る時の通り道になる。国鉄姫路駅でどうしても列車を乗り換えないと帰れなかったのだ。

もう一つは、後から彼女に直接聞いた話だが、わたしの顔色が青白く、どこか暗く、何となくほかしておけなかったというのだ。それもそのはず、彼女はわたしより四つも年上だったのである。

〈彼女の初体験〉

吉田さんは休みになる都度、訪ねてくれた。わたしは一会員として、二度目か三度目に訪れた時、どうしても外出しないといけない用事があったので、車いすを押してもらえるかと聞いた。ちょっと不安だったが、抱いて車いすに乗せてもらう時、軽々と抱いたので腕力の強さに驚いた。

だが、車いすを押すと蛇行して真っ直ぐには進まなかった。いくら保母でも、当時彼女が働いていた知恵遅れの施設には、車いすを使用する重度の園児はいなかった。とにかく初体験だったのだ。

しかも、わたしの車いすは前輪が大きい前方大車輪である。少しだけ自分で漕げたが介助者は逆に押しにくい。

このタイプの車いすの特徴は、平坦な道は蛇行しやすいが、砂利道などは力を入れて押せば案外と進む。使っているのは、筋萎縮症や脳性小児麻痺の一部で、肩の力がなくても手首の力だけで車いすの方向を変えられるもので、利用者は比較的少なかった。

わたしは、ほとんど級友に押してもらっていたので、押し方など気にしていなかった。ハラハラしながら家に辿り着いた。額に汗を浮かべた彼女は、「車いす押すのって難しいね」と、ペロッと舌を出した。

〈第三回キャンプ〉

なかなか都合よく休みの取れない彼女。ところがうまく、第三回の「雑草の会」のキャンプに休みが取れたのだ。

その時、鳥取県東浜海岸のキャンプが運命を左右するようになるとは、夢にも思わなかった。

キャンプは人手がいる。彼女の参加は助かった。軽く考え、あみだくじにして班分けを決めた。偶然にも同じ班になった。主要メンバーは、わたしと同じテントにした。ほかは公平にくじで決めた。後になって仲間から、「意図があったのだろう」と冷やかされた。

まだ、その頃はさほど彼女を特別に意識していなかったのである。

キャンプの総勢五十三名で、そのうち障害者は十余名だった。一日目もほぼ終わった。同級生は成人式を終えていた。

わたしのテントだけではなかったが、過去二回のキャンプと異なることが生じた。それは、成人に達した開放感から、主要メンバーの多くがアルコールを飲み、酔いつぶれた。アルコールを禁止していたわけでもないが、学校で席を共にした仲間が、お酒を飲む年齢になっていたことに気づいていなかった。無論、アルコールを飲むなと言うつもりはないけれど……。

わたしのテント組が最もひどく、気をもみながら一人きりになった。

その時、隣のテントの吉田さんが、わたしのテントを覗き、「一人？ 入るよ」と言って入ってきた。その後、何をしゃべったか全く記憶にないが、年上の吉田さんに、叔母が他界し、突っ張って生きて来た苦闘を、堰を切ったようにまくし立てた。

この時、一人でいて寂しく、気疲れしていたこともあり、吉田さんが、わたしの求めていた相談相手のような気がした。姉のように親しみが持てて、いつもよりぐっと輝いて見えた。しかし、まだその時には結婚相手の対象にはしていなかった。

キャンプは大変だった。

人集めなどの準備に、約一カ月かかり、二、三日前から、打ち合わせやいろいろな手配で睡眠は五時間程度。

本番の三日間は、仮眠で済ませ、終われば一息つく間もなく、一週間近く挨拶回りをしなくてはならなかった。

〈バリアーを肌で〉

わたしは、吉田さんに依頼した。尼崎市の施設から参加している障害者がいたので、複数で送っていくことを頼んだ。帰り道でもあり、障害者の森山さんを送っていくことを頼むと快く引き受けてくれた。

彼女にとって、車いすを押して電車を利用するのは初めてというのは分かっていたが、体験者が一緒だし、会員として経験しておいてほしかった。

彼女から報告かたがた届いた手紙に、障害者が電車ひとつ利用するのに、いかにバリアーがあるかを知ったということが書かれていた。

〈施設見学〉

八月の下旬、ある本で、知恵遅れの施設のあることを知った。その本に書かれている通りなら画期的な対応で運営している施設があることを知り、わたしは仲間と一緒に行くことにした。

滋賀県にある止揚学園という施設で、福井達雨園長の考えで運営されていた。

知恵遅れのことなら、「吉田さんを誘おう」ということになった。誘ってみると、「夜勤明けなので、姫路から一緒に行けないが、電車で追いかけるから現地で……」ということになった。

みんなの思いは、福井先生の話が聞きたいことに集中していた。

当日、友人の運転で朝九時頃出発した。お昼前到着し吉田さんを待った。しばらくすると、忙しく両手を振ってやってくる吉田さんの姿が見えた。

揃ったところで施設を訪ねた。

あいにく福井先生は、講演に出かけて留守だったが、遠方から車いす使用者が来たということで、面条先生が応対してくれた。すれ違う保母さんの服装は、わたしたちが考えている服装とは異なる格好だったし、どことなく雰囲気が違っていた。

説明や施設の方針を聞き、わたしたちは、大きな衝撃を受けた。詳しいやりとりは記憶にないが、面条先生の話を要約すると、園生も保母さんも、朝起きると外出着で接し合う。特に、保母さんには、エプロンやGパンなどの仕事着は使用しない。知恵遅れの園生も同じ人間なのです。食器も瀬戸物を使っていますよ。いくら壊してもかまわないのです……という内容だった。

一番ショックを受けたのは吉田さんであったと思う。吉田さんは、知恵遅れの子どもたちに愛情は持っていたが、その時勤めていた施設などと、あまりにも大きなギャップがあったのだ。だが、いくらいいことでも一人の力では、どうすることもできない。

十　電撃婚約

九月上旬、わたしの家に来ていた姫路工業大学生たちと語らっている時のことだった。

〈プロポーズ〉

母が手紙を持ってきてくれた。

郵便料金が十円不足の分厚いものだった。

「失礼な奴だなあ」と思いつつ、宛名を見た。意外にも意外にも〝吉田多鶴子〟と記されていた。

とにかく封を切って読んだ。だが、回りくどい表現のうえに長文である。意味が理解できずに、面倒くさくなって隣にいた年上の桑田さんに見てもらった。

読み終えた桑田さんは、慌てた口調で言った。

「えらいことやで。これ、浜野さんに対するプロポーズやで……」

「ほんま？」

とっさには信じられなかった。胸が高鳴った。桑田さんの手から手紙を奪い取って、じっくり読み返した。

「間違いないやろ」

覗きこんでいた桑田さんは、ニンマリして言った。

わたしは、ぼーっと夢の中にいたが、半信半疑ながらもうなずいた。わたしの頭はパニックになった。嬉しいというよりも、準備もしていない好意に戸惑い、どう答えたらいいか分からなかった。

友人二人は、「そしたら、今日は帰るわ」と言って、それとなく気遣うようにして帰っていった。

半日、どうしたものか考えた。軽い気持ちかもしれない。いくら考えても結論は出なかった。まあ当たって砕けろだと自分に言い聞かせた。夜になって吉田さんに電話した。「気持ちは嬉しいよ。だけどその前に頼みがあるんや。どうしても、今度の定期検診についていってほしいんや」と言った。

それだけ言うのに、口がからからになった。吉田さんは、「いいよ」と言ってくれた。

〈運命の日〉

いよいよ定期検診当日。

わたしは、「いよいよか」と思い、少し早目に起こしてもらって吉田さんを待った。いつもの甲高い声で、「おはよう」と言った。何ひとつ変わらない。

わたしは緊張していた。「そしたら行こう」と言って出発した。国鉄明石駅まで行き、歩いてリハビリテーション中央病院へ行った。

道中、わたしはほとんど無言だったが、吉田さんは盛んに語りかけてきた。

ぶっきらぼうに返事するわたしに、「どうしたの。しんどいの」と尋ねてくれた。

その都度、「いいや。大丈夫やで」と煮えきらない返事を繰り返していた。

やっと病院に着いた。診察券を出し待合室で待った。呼ばれるまで、すごく長く感じた。

看護婦さんが、「浜野さん」と呼んだ。

内心ドキドキしていた。

吉田さんと一緒に診察室へ入った。それまでに胸のレントゲンを撮っていた。中山ドクターが食い入るようにレントゲンを見ている。

「おはようございます」と一礼して入った。

こちらを向いたドクターは、微笑んで、

「ええな。美人が付き添いか」と言った。看護婦さんが付き添い用の椅子を出して、「どうぞ」と勧めた。吉田さんは、いつもと違ってたじろぎながら座った。

座るのを確かめて、ドクターは、説明を始めた。

「浜野君。これ見てみろ、かなり危ないぞ。前にも言ったように、〝麻痺性進行性側湾症〟進んでいるぞ。今、約七十五度曲がっている。背骨の湾曲が、あと五度以上曲がったら、心臓に負担がかかってきて、いよいよだぞ。それでも好き放題にするのなら止めん。でも覚悟しとけよ。それから、半年に一度は診察に来いよ」

吉田さんは黙って聞いていた。

会計を済ませて、すぐ病院の屋上に誘った。わたしは覚悟して言った。

「聞いた通りや。僕は、脳性小児麻痺だけと違う。聞いたように、進行性麻痺性側湾症という病気もある。いつ死ぬかも分かれへん。それでもええんやったら、ついて来てくれる

郵便はがき

恐縮ですが
切手を貼っ
てお出しく
ださい

160-0022

東京都新宿区
新宿1－10－1

(株) 文芸社

ご愛読者カード係行

書　名			
お買上 書店名	都道府県　　市区郡　　書店		
ふりがな お名前		明治 大正 昭和　年生　歳	
ふりがな ご住所	□□□-□□□□	性別 男・女	
お電話 番　号	(書籍ご注文の際に必要です)	ご職業	

お買い求めの動機

1. 書店店頭で見て　2. 小社の目録を見て　3. 人にすすめられて
4. 新聞広告、雑誌記事、書評を見て(新聞、雑誌名　　　　)

上の質問に1.と答えられた方の直接的な動機

1.タイトル　2.著者　3.目次　4.カバーデザイン　5.帯　6.その他(　　　)

ご購読新聞　　新聞	ご購読雑誌

文芸社の本をお買い求めいただき誠にありがとうございます。

この愛読者カードは今後の小社出版の企画およびイベント等の資料として役立たせていただきます。

本書についてのご意見、ご感想をお聞かせください。 ① 内容について ② カバー、タイトルについて
今後、とりあげてほしいテーマを掲げてください。
最近読んでおもしろかった本と、その理由をお聞かせください。
ご自分の研究成果やお考えを出版してみたいというお気持ちはありますか。 ある　　ない　　内容・テーマ（　　　　　　　　）
「ある」場合、小社から出版のご案内を希望されますか。 する　　しない

ご協力ありがとうございました。


〈ブックサービスのご案内〉

小社では、書籍の直接販売を料金着払いの宅急便サービスにて承っております。ご購入希望がございましたら下の欄に書名と冊数をお書きの上ご返送ください。（送料１回210円）

ご注文書名	冊数	ご注文書名	冊数
	冊		冊
	冊		冊

か」わたしは逆に聞き返した。しかし、別れるまで返事はもらえなかった。

週に二度、こまめに来ていた便りもなくなった。

わたしは、「やっぱりか。また、失恋か」と思っていた矢先、ちょうど一週間目のことだ。吉田さんから、手紙が届いた。

それほど期待はしていなかったが、はやる心を押さえて、封を開いた。

便箋に一行だけ綴られていた。「あなたについていきます」と、はっきりと大きめの文字で。

わたしは、手紙を抱きしめて泣いた。


その夜、早速電話した。

「手紙もらったよ。ほんまにいいのか」と確かめるように聞いた。

「くどくど言わんといて。書いているとおりや。わたし決めたんやから」

きっぱりした調子の声が返ってきた。これは本物や、本物や。やっと春が来た。わたしは気持ちのうえでそこら辺りを、大手を振って歩いている気分になっていた。


〈家族の説得〉

手紙が届いてから初めての吉田さんの仕事休み。二人でこれからのことを話し合った。

わたしは、考えていたことを言った。

「結婚したら独立しよう。大変やろけど……」

「わたしもそのつもりよ。あんた、浜野の家に居たらあかん。わたしも窮屈やしな」

まず、二人は基本線で合意した。

親の説得が大変なことを承知していた二人は、最初わたしの両親に独立を許させるために、吉田さんのことを理解させなくてはならない。そこで、わたしは、「仕事が休みの日には必ず来てほしい」と頼んだのである。

実績をつくり、両親の信頼を得れば、説得する自信を、わたしは持っていた。

「あんたの両親どうする？」

とてものことではないが吉田さんの両親の許しが、もらえるとは思わない。

「たぶん賛成してくれへんと思う。その時は親と縁を切って、家出する覚悟や」と吉田さんは気張った声で言った。

「それは最後のことになる。とにかく粘り強く説得するんや」と宥めた。もちろん、吉田さんが覚悟を決めてくれた気持ちは嬉しかった。

十一　実績と運動

話は少し変わるが、二人が結婚を誓い合った後の十月のある日、奇妙な体験をした。

〈拉　致〉

「雑草の会」の会員であった大阪教育大学生の村田さんが訪ねてきた。

「浜野さん、ちょっとドライブに行きませんか」と普段と変わらない誘いだったので、することもなかったし気軽に承知した。都合よく四兄が使っている軽四が置いてあったのである。

わたしは母に、「ちょっと村田さんとドライブに行ってくるから、兄ちゃんに言うといて……」と断わった。すぐ帰ってくると思っていたので着の身着のまま。財布とハンカチなどの入ったバッグ一つの軽装だった。

村田さんとは長い交際だった。わたしが十六歳の時、脳性小児麻痺のセミナーに、広島へ電車で連れて行ってくれた人だ。それからの付き合いでボランティアとして、また親友として、さらに「雑草の会」の会員として、わたしの介護をしてくれていた。それを知っている母も村田さんを信頼していたので、「ＯＫ」は簡単にとれた。

　車に乗ってかなり経った。いつもの様子と違っている。妙に感じたわたしは、村田さんに、「どこまで行くの？」と尋ねた。

　村田さんは、いつもと違った顔つきである。「浜野、四国まで付き合ってくれ」と、いきなり言った。

「えっ、四国まで。どうしてまた……」

「実は、同棲してるんや。結婚したいんやけど……。彼女の両親が猛反対してるんや。そこで一緒に行って、君に言うてほしいんや。村田さんは、わたしみたいな障害者の手助けして、優しく立派な人やと」

「だけど、俺みたいなん連れて行ったら、相手の両親、逆にびっくりするで」

「そんなことない。わたしは障害者の人のために働くから、今は、その勉強していますて言うてるし、彼女と打ち合わせして実家で待っているんや」

　まんまと、村田さんの作戦にはまったと気づいたが、もう手遅れだ。無碍《むげ》には断れない。車はやっと目的の家に辿り着いた。

　当惑しきった顔つきの両親に、村田さんが切り出した。

「わたしの親友の浜野さんです」

もくろみ通りの紹介をされた。責任の重さがずしんと肩にかかってくる。

「浜野です。村田さんには、ずっと親代わりのような世話を受けています。親切で……。心が優しく、温厚で温かく……。とても他人とは思ってもいません。こんな立派な人はボクの知っている限り、どこにも見当たりません」ありったけの言葉を積み重ねて褒め称えた。

数カ月後、村田さんがやってきた。

「君のおかげで、好きなようにしろ」と言われたという。

とんだパプニングだったが、どうやらわたしのつまりつまりの言葉が功を奏して、仲人役が務まったのだ。安堵の気持ちと、やっと自分の結婚についても自信がついた。

この年、嬉しい出来事があった。

まだまだ問題は山積していたものの、ベトナム戦争が停戦したことだ。これを機にして、三年後の一九七六年、ベトナムは一つの国として独立した。

わたしは、作家の小田実氏が提唱した、「『ベトナムに平和を！』市民連合」の会員だったこともあり、喜びもひとしおであった。

吉田さんは、毎週休日に来るようになり、「雑草の会」の運動と、風呂に入れて帰るなど、身の回りのこともして帰るようになっていった。

少しずつ母や兄たちも、吉田さんの存在を大きく捉えるようになった。

十一　体当たり

世間ではともかく、その頃のわたしには追い風が吹いてきていた。

高度成長時代も終わり、父はホテル経営からボーリング場経営まで手広く事業をしていたが、そのピークも去り、会社事業は傾きかけていた。

もともと家庭より事業に身を入れていた父は、わたしへの関心はますます薄くなっていた。事業のことも心配だったが、このチャンスを逃せないと思った。独立していくのだ、と自分に鞭を打った。わたしの将来の〝生計〟のためにボーリング場を開いてくれた父の温情を思うとちょっぴり心が傷んだ。しかしそれが消えようとする時、今をおいて独立する時はないような気もした。

「お母ちゃん、吉田さん知ってるやろ。〝結婚〟しよう言うてんねん。ええやろ！」と、翌年の春に切り出した。たとえ反対されようと、吉田さんと誓い合った決意はもう揺るがなかった。胸ははちきれそうだった。

「ええ人やから、お母ちゃんには有り難い話やけどな。相手にも親御さんいてるねやろ。あんた言いだしたら聞けへんけど、相手のこともよう考えなよ」と母は目をうるませていた。

わたしは、「しめた！」と心で叫んだ。

その夜、吉田さんに早速電話で報告をした。

「分かったわ。今度は、わたしの番ね。頑張ってみる」

吉田さんの悲壮めいた声が返ってきた。

吉田さんは、とにかく筆まめだった。週に二度、手紙をよこしてくれて、わたしからの返事は、呼び出してもらうことになるが、電話をしていた。ついつい長電話になり、兄たちによく注意された。家計が苦しくなっていくのは分かっているつもりでも、まだしっかり腹に入っていなかったのだ。それより二人で切り開いていく世界への展望のほうが切実感を持っていた。多鶴子さんの親に認めてもらう日が待ち遠しかった。きっと認めてもらえる日が来る、いや来なければならないのだと思った。けれどどうすればいいか、多鶴子さんが言うような家出のことを考えると、やはり気が沈む。まだ会ったことのない両親の顔が、暗い恐ろしい形相で迫ってくる。不安な日が続く。ほんとうに結婚できるのだろうか、そう考えると何となく自信が崩れそうになる。

〈単独乗車〉

知り合って二年目の七月。

体の不調の悩みごとが起き、いつものように電話した。体の調子が狂ってくると、なおさら自信が持てなくなる。いくら恋人でも叔母ほどには、わたしの心を見透すような理解ができないのだ。もどかしい。電話ではらちがあかない。吉田さんの方も同じようなもどかしさを感じたようだ。

「梅田までおいでよ」

「梅田ってどこ?」

「大阪駅やないの。電車に乗せてもらったら駅まで迎えにいく。わたしの保母室で泊まったらええわ。わたしの休みの日に送って行くやない。二日ぐらい寮にいても大丈夫やろ。長電話でぐずぐず言うてたてしょうがないやない」

吉田さんは、女性らしい慎重さもあったが、いったん決断すると男勝りのところも兼ねていた。ためらうスキも与えない。促されるようにして、行くことにした。

たまたま来ていた平戸会員に頼んで、電車に乗せてもらった。

大阪まで約一時間余。仕事が夕方までだったので、夜になってから着かないといけない。到着時刻は連絡済みだった。

じっと乗っていればいいというものの、初めての単独乗車は、「もし、車いすごと倒れたら……」などと、余計な心配が次々に湧いてくる。乗る際、友人が事情を話していたので、車掌の巡回も多く、常に声をかけてくれていたが……。

当時、駅にはエレベーターなど、ほとんどなかった。寝屋川駅に行くまでに、京橋駅で乗り換えないといけなかったが、この頃は、障害者や老人のことなどへの配慮はない時代である。見ただけで身震いするようなすごい階段の連続だった。

吉田さんもわたしもまだ恐れを知らない時代だった。挑戦への意欲がみなぎっていたのでなし得たのだろう。ただ国鉄の主要駅には、荷物用のエレベーターがあり、昼間は係員も多くいて、言えば手伝ってくれていた。

当時、吉田さんと電車で、あちらこちらに出かけていた。駅の階段が最大のネックだった。全国の勇気ある障害者が困難を乗り越えて、電車を利用して訴えた成果が、およそ三十年を経過して、不十分ながら今年、二〇〇〇年六月、「交通バリアフリー法案」として、国会成立に至ったものと思う。

話は少しわき道に入るが、その頃の大変さを綴った詩を掲載しておこう。

※　※

駅の階段

車イスから
肩に抱きかかえて
改札口を通り
私をベンチに座らせる

座りにくいベンチに
ふるえている私を置いたまま
彼女は走って行き
改札口に置いてある車イスを折りたたみ

階段の下まで持って来る

乗る列車のホームは階段の向こう側
今度はまた私を肩に抱き
何十段とある階段を
すべり落ちないように気を付けながら
彼女は登って行く
下には車イスが置かれてあるが
誰も横目で見ながら小走りに追い越して行く
「せめて車イスだけでも
　持ってくれる人がいたら」

いま登ってきたばかりの
長い階段を彼女が降りて行く
いじいじして彼女を待っていると
息を切らして車イスを持った姿が見える

※　　※

やっとの思いで、吉田さんの部屋に着いた。四畳半と台所の狭い部屋だが、小奇麗に整理されていた。初めて二人きりで夜を明かす。わたしは、少々緊張していた。

とにかく語りはじめた。そして、その夜どちらからともなく、不器用でぎこちないキスをした。盛り上がった胸から、彼女の動悸が伝わってきて、もう離してなるものかと頭に血がのぼってきた。結婚までの二年間、ここがわたしのオアシスになった。

施設の責任者は、男子禁制の女子寮だったので、吉田さんには苦情を言ったが、規則上なことだったらしい。考えつくままに理由を言ったら、〈重度障害者なら大丈夫だろう〉とのことで黙認された。男女間の問題は起こらないと判断したのだ。わたしとしては、嫌なレッテルではあったが、この場合は有り難い判断だったのである。

〈独立の獲得〉

わたしの家族は、〝結婚〟については、承諾したものの、どこでどのように暮らすかはまだ決めていなかった。それでも両親は、わたしの単身暮らしの構想だけは持っていた。

それは、伸二郎の面倒は、兄たちを皆同じ敷地内に住まわせて、一生世話をさせるというものだった。わたしが結婚するとは、夢にも思っていなかったからだ。その証拠に、父はお金を出して家を建て、次兄を同じ敷地内に住まわせていた。

長兄と次兄の結婚は見合いのうえ、本人が気にいる、いらないは無視されていた。それより、わたしがどう思ったかというのが主眼だったから、わたしに首実検させたりしていた。義姉には失礼な話だったが、そんな理由からどちらも遠縁から嫁を迎えていた。

そこで、母の承諾後、三カ月ほどして長兄に言った。

「吉田さんと結婚したら、アパートか借家に住まわせてほしい。兄弟が三人も四人もいたら、お互い気遣いするやろ。吉田さんも自由なほうが、気が楽やと思う。姫路市内に住むし、いつでもすぐに来られる場所にする。もし困るようなことがあったら帰ってくる」

「そうやのう。おまえの言うとおりかもな。好きにせんかいや」

そんなことで、とうとう独立権を獲得した。

今の父には、家をあてがう余裕のないことを知っていたので、口では言ったものの帰るつもりもなかった。

ほとんどデートらしいデートの思い出はない。吉田さんの休みの日は、会員の家を訪問したり、福祉運動にかかわっている人たちに会い、二人だけでいるということはなく、「雑草の会」の会員などが必ずいて、行動を共にしていたのだ。それでも一緒にいられるだけで幸せに包まれている気分だったのである。

一九七四年の姫路市役所との交渉では、国鉄の高架化に対しての要望書を提出している。結構忙しかった。いくつもの課題をこなしていきながら、一方では、結婚の準備を始めた。

〈相手の両親へのアプローチ〉

吉田さんの両親は、予想はしていたものの猛反対だった。わたしは周囲の親しい人に話し、からめ手から、幾分でも反対の意志を弱めてもらうように頼み込んだ。前に不意打ちに仲人をやらされた村田さんには、絶対その代償を果たしてもらいたいと懇願した。古城の叔父などにも説得に行ってもらった。

そうこうしているうちに、本人に会おうというところまでは漕ぎつけた。吉田さんの案内で、ご両親に会い、必死の思いでお願いした。村田さんも同席していることだし、会って話をしている時は、分かったようなことを言われる。だが、吉田さん自身が後から確かめると、がらりと態度は硬化した。両親が首を縦に振ることはなかった。

叔父だけでなく最後は、母と三兄も行ってくれた。

吉田さんは、二人姉弟である。

〝重度障害者〟と〝健常者〟の結婚は、今でも難しい。

ましてや二十五年も前のこと。

「初めから賛成される訳はない」と二人は腹をくくっていた。

吉田さんが言った。

「最初から分かってくれるようなら、本当の親かな、とわたしが逆に疑うわ」と苦笑していた。誰しも娘を幸せにしたい。前途に苦労が待ちかねているのに親として、いく夜も眠れぬ気遣いがあって当然だ。わたしも幸せにしたい気持ちは誰にも負けない。とは言っても現実には収入の道もない。あるのはその前途に立ちはだかっている壁を砕いていく理想だけだ。そんな夢をどう理解してもらえるだろうか、と考えると、全身から力が抜けるような気がした。

友人や親族たちが足繁く訪問してくれた。その甲斐もあって、薄皮をはぐように反発の感情は薄らいでいった。どこでも同じことだが、父親は頑固をつらぬいていた。しかし母親の気持ちは、しだいに穏やかになっていった。

〈既成事実〉

吉田さんと知り合って二年目を迎えた一九七五（昭和五十）年の三月、山陽新幹線の開通に伴い、新幹線に障害者専用個室が設けられたことが報じられた。

わたしたち二人は、春休みを利用して、新幹線を利用してみようと思い立った。

ただ目的なしに乗るのは能がない。

わたしは考えて、「遠方の会員巡りをしよう」と思った。吉田さんも異存はなかった。

二人で会員名簿を見て行程を決めた。

それは、次の通りだった。

●三泊四日の日程は、

大分県の安心院《あじむ》町に住む徳山さんの紹介で一泊→同じく、大分県別府市に住む佐野さんの紹介で一泊→姫路を通り過ぎて、静岡県静岡市に住む大木さん宅で一泊して帰宅するというものである。この旅の行く先々で皆さんに温かく迎えていただいたことは忘れられない。

そして、一番記憶に残っていることは、徳山さんが夕食を誘ってくださったとき、出てきたのはスッポン料理だったのには驚いた。せっかくの好意を無にするようで申し訳なかったが、わたしは別の料理を頂いた。

帰宅後、〝新幹線を利用しての体験記〟を発表すると同時に、四項目の改善申し入れ書を、国鉄総裁宛に提出した。

先にも書いた交通バリアフリー法案審議の際、もう記憶さえも古びたこの時の申し入れ書が、参考資料として提出されたという情報が入っている。すでに解決していることがほとんどだが、わたしだけの声ではなく、障害当事者が各地で声を出して法案となるまでに、四半世紀がかかっている。
★申し入れ書の骨子を書いておこう。
①身障者用専用キップをどの駅でも売ってほしい
②車いす専用個室はいつでも開放してほしい
③エレベーターがない駅でも連絡を徹底しできるだけ介添えをする
④身障者専用個室と七号車にシンボルマークを
このことは、〝貴賓室より身障者個室を〟などの見出しで大手新聞全紙に掲載され、英字新聞にも掲載された。

半分知れ渡っていたが、あらためて「雑草の会」会員や知人などに、吉田さんとの結婚を話した。そのため、新幹線体験の旅は婚前旅行と誤解されて、かなり冷やかされた。

その年の八月の、多紀郡篠山町でのキャンプで、仲間の計らいによって〝婚約〟発表をした。たちまち親友などで、結婚式実行委員会を作ってくれることになった。若い者ばかりなので、お祭りのような騒ぎだった。

委員のメンバーが十名余りいたが、全員の平均年齢が、わたしたち二人の平均年齢より下だった。気楽な人ばかりで活動的で有り難かったものの、暴走しないように気を配らなければならなかった。

〈宥める〉

この頃になると、吉田さんの両親は、「親子の縁を切ってよいと思うなら好きにしろ……」と言うまでになっていた。

吉田さんは、「十月結婚」を言った。

わたしも、一日でも早く家を出たかったので、心は揺らいだ。〝死〟の宣告をされていたので、できるだけ早くしたかった。

しかし、ほぼ準備は出来ていたが、万全とはいえない。

そこでやむなく、「あんたの両親が結婚式に出席してくれるまで、もう少し待とう」と、吉田さんと自分のはやる気持ちをいましめた。

「雑草の会」の年表を繰ってみると、この時期、福祉運動面を中心に、偉大な方々と会って協力してもらっている。

数名あげると、兵庫障害者連絡協議会の黒津右次先生には、「僕、神戸でやるから、姫路は頼むで」と励まされている。一九九六年に亡くなられる直前までの七年間、西播社会保障推進協議会で親しく一緒に活動させてもらった。黒津先生は、学校勤めが終わると、電車に飛び乗って神戸の事務所に出かけられる日が続いた。

また、現在、副会長としてひめじ自立生活支援センターで共に活動している小山さんとは、障害者問題を考える会の出席をお願いしたのが縁である。その後も姫路市で障害者の市民連絡会結成運動にもかかわってもらった。個人的にも、わたしの移動介助のボランティアをしてもらっている。

その他、今のルネス花北の三野所長とは、三野所長の大学生時代、寝起きを共にして〝障害者開放〟運動をしている。

あるいは、障害者の啓発運動として行った映画会やコンサートでは、母親大会の岡下清美さん。また平和運動では、宇田貴子さんなどである。

さらに不慮の交通事故で亡くなられた評論家の内海繁先生の呼び掛けで、医療生協の運動にもかかわっていた。一九七五年、バリアフリーな建物の診療所のオープンに漕ぎつかせている。

以後、病院や訪問看護ステーションなど活動を広げていく中で、振り返ると、いつの間にかいくつもの役職に就いていた。それは半分、いやそれ以上、吉田多鶴子さんと結婚できたおかげなのだ。もし結婚していなかったら、わたしは悶々として、浜野家の厄介者になって暮らしていたに違いない。

その初冬、吉田さんから珍しく電話があった。何事だろうと思いつつ、受話器に耳をあてた。あまり、いい電話ではないと思っていた。

「もしもし、どうしたん」とぶっきらぼうに言った。

吉田さんの声は上ずり、「両親が、両親が……式にだけ出席する言うてくれたんよ」

わたしは自分の耳を疑い、「なに、ほんまか」と聞き返さずにはおれなかった。

「ほんま、ほんまよ」とはっきり聞こえた。

わたしは、『やった！』と心で叫んだ。とうとう念願の許しが出たのだ。

十三　結　婚

いよいよ結婚式の準備だ。

わたしたち二人は、どのような形式でするのかの構想を描いていた。

〈事後承諾〉

わたしたちの構想では、結婚式は、教会で会員制ですることを前提で考えていた。教会なら、友達や知人も家族と一緒に式場に入室できる。それに車いすで動くために、作業衣でいる二人のめったにない晴れ姿を見てもらえるからだ。

仲人は、知人で結婚していた村田さんご夫婦に依頼して了承してもらった。あの村田さんには、もう少しおねだりしてもよいだろう、断りはしないだろうと考えていたのだ。

後は、結婚式実行委員会に依頼し、相談を重ねていった。案内状の立案から作成、そして発送、披露宴の準備……。

費用のかからないように気遣ってくれた。例えば、教会にある披露宴会場は、指定業者が決まっていた。メンバーの誰かが料理の交渉に行って、「十人に一人、仲居が付くのが原則です」と言われても引き下がらなかった。社会通念を知らない者の強みである。「実行委員でやりますからいりません」と言い、押し問答して半数にしてきたりした。

日取りについては、学校の先生や学生が多いことを考慮にいれ、春休みの日曜日に決めた。

春休みの日曜の大安は四月四日しかなかった。「数字が悪いなぁ」と言うメンバーもいたが、その日しかないということで決まった。

そうなると住居だ。当時、市役所は土曜日も昼まで仕事をしていた。対市交渉をしていたので、福祉課の職員は顔見知りが多かった。

吉田さんと何度も足を運び、窓口担当者に事情を説明して、「何とかしてほしい」と頼みこんだ。またか、という顔だったが、遂に根負けしたようである。

「ちょっと待って……」と言って、住宅課と相談してくれた。

「結婚したら収入なくなるな。そしたら、市営住宅でええな。二種住宅になるから、今なら〝書写〟か〝飾東町〟しか空いてないけどいいか……。便利は悪なるけども」と言われた。

場所と交通の便を確かめ、飾東町夕陽ヶ丘住宅に決めた。いったん決めてしまうと、役人の顔だったのが急に親切になった。

係の人は言った。

「車いすなら、少し住みやすいように姫路市が改造するから、指定する日に市の担当者と行って、どこをどうするか言ってよ。それから入居までに工事せんならんから、工事にかかるまでに、〝婚姻届〟提出してね」

住宅改造の制度を知らなかったので、とても有り難かった。見かけによらず親切なのである。住宅の方はこれで落ち着いた。そのため、書類の上では、三月十一日に入籍になっている。

引き出物は、二人らしいものがいいと、メンバーから声が出てきた。考えた末に、わたしの詩と吉田さんの短歌を一冊の本にまとめようということになる。

清川さんにタイプ印刷をしてもらい、版画家の今井さんに頼んで表紙絵を作ってもらうことになった。『絆』という題の詩歌集が間もなく出来上がった。

最も難航し、気の毒と思ったのは披露宴の司会者だった。年上のメンバーに強引に命令され、当時、高校三年になる竹中君に決まった。竹中君は受験事情を訴えたけれど、誰も聞こうとしなかった。気の毒なことになったが、わたしも若かったし、それをどうこう言える立場でもない。普通なら受験のための本を読むところを『披露宴の司会の心得』を手にしていた（わたしはうまく進学できるように祈っていた）。

わたしは教会の信者と違っていたので、あの頃は、五回の〝結婚講座〟を受けないと、教会での式は挙げられなかった。ギリギリまで勤めていた吉田さんは、幸い土曜日の夜が講座になっていたので、仕事を休まずに行けたが、歩いて通ったので、とにかく寒かったことを記憶している。

すべて二人で決め、母には、「これこれ、決めてきたで」という具合に、口をはさませず事後承諾させることにした。そうでないと形式ばかりで金のムダ使いと知っていても、家の体裁を考えるからだ。

結婚後、母は言った。

「一番手がかかる伸二郎が、一番楽やったわ」

エンゲージリングも二人で買い、わたしの衣装は、由美さんのお母さんの助言で貸し衣装を借りてきた。

残念なことに、中山ドクターは学会のために出席してもらえなかったが、貴重なメッセージを頂いた。

このように、仲間の協力で結婚式当日を迎えた。

天候も晴天に恵まれ、教会前の桜の花も微笑み、百名を超す人がかけつけてくれた。振り返って文字にしても、その時の実感を伝えられないと思うので、当時書いた素朴な詩を引用してみたい。

※　※

挙式

式場前の控室
家族と仲人さんたちと
はじめてのモーニング姿で待っていた
私はいつも人に抱かれたりするので
ラフな姿しかしたことがない
馬子にも衣装やなあ
まわりの者はひやかしてくる

二階の控室から花嫁が
車イスに乗った私の横へ
ゆっくりと降りてきた
おしろいに口紅
アイシャドーにつけまつげ
ふだん、丸い眼鏡をかけて
真黒にひやけし
Gパン姿で
知恵遅れの子どもたちの施設で
かけまわっていたあいつとは思えない
私は文金高島田姿で
うつむきかげんに立っている顔を
信じられない気持でもう一度見つめなおした

オルガンを合図に入場していった
いよいよ署名の時がきた

普通だと前に出て行かないといけないが
神父さんが台にのせて
私の所へ持って来てくれた
最近私は頸濟症候群で手がしびれているので
字を書いたことがない
震える手でサインをすると痛みが腕に走った
その時
「結婚式をしているのだ」という
実感が私を押し包んだ

※　※

傍目には結婚式と披露宴は夢のうちに終わった。つつがなく終わったように見えたであろうが、やはりわたしも人並みに緊張していたのである。

披露宴の司会をしてくれた竹中君は、前日から泊まりがけで一緒に寝てくれたが、夜中一度しかトイレに行かないわたしが、五、六回も行った。それに朝ゆっくりと起きても間に合うのに、じっと待っていられなくなった。夜明けとともに、竹中君を起こし朝一番に散髪に行った。

竹中君は、「会長さんも普通の人間やな。緊張してしもて……」と笑っていた。

特にわたしのことを心配してくれていたメンバーの一人の木谷君、あの高瀬と釣りに連れて行ってくれた級友が一番にかけつけてきてくれた。

竹中君は、微笑みながら言った。

「木谷さん。会長さんには困るわ。緊張して夕べ一晩中寝かしてくれへんねんで」

木谷君はニンマリして、いたわるように言った。

「今日は特別の日や、堪忍したってくれ……」

もう一つは、思いがけないことだった。仲人の村田さんと木谷君が、控室で慣れない手つきで着替えさせてくれた。昨日、母も点検してくれていたはずだが、ズボンのベルトがないのである。ふたりは目を皿にしてあちこち探してくれたが、ないものは出てこない。もう間に合わない。

仲人役の村田さんは、「浜野さん。出来るだけじっとしとけな。車いすならずれへんやろ」と注意してくれたが、動かないようにしようと思うほど、病気からくる不随運動が激しくなる。式の間、平服になるまでズボンが気になっていた。

新婚旅行に出発する直前になって奇妙な申し出があった。文学仲間で七十歳を超えている野村さんからである。

「新婚旅行についていこうか」とボソボソと言いだした。「大丈夫です」と断った。親切も場合によりけりである。

「それでもな……」と心配のあまり、しつこく言うのを横で聞いていた清川さんが、「アホなこと言わんでもええ、いらん心配せんときな」と言ってくれた。

野村さんは渋々引き下がった。障害のためにわたしが不能だと決めてかかっているようだった。でも善意から出ていることなので、どう説明していいのか、わたしも言葉を失った。

〈旅立ち〉

新婚旅行は、広島の原爆ドームや平和資料館を見学したかったので、二泊三日と体に無理のない程度の範囲内で、①高松→②松山→③広島のコースを予約していた。

新幹線はエレベーターがなく階段を登らないといけないので、実行委員会のメンバーと早めにホームに上がった。その時、姫路労音の会員の結婚式もあり、わたしと反対の上りホームに行く一団とすれ違った。

顔見知りの役員の一人が聞いてきた。

「オメデトウ。浜野さん何時出発？」

わたしの方が少し後と分かると、「見送りだけでもさしてくれる」と言ってくれた。

「いいよ、光栄やわ」

わたしはふたたび友情に包まれた。幸せな気分が膨らんだ。

最初、見送ってくれる人は、ぱらぱらだった。当日、某テレビ局が取材に来ていて、放映時間も告げて帰ったので、それを見るために早く帰った方もあるのだろうと思っていたが、時間が迫ってくると徐々に増えてきた。ほとんど全員集まってきた。上りの列車が出ると、上りホームから労音の一行がギターなどを持って集まって来てくれた。二カップル分の見送りになった。

総勢二百名が歌をうたいはじめた。若い者も多かったので、新幹線が滑り出す直前、ホームは騒然となり、新幹線の出発が一分余りも遅れた。

とがめられることはなかったが、姫路駅利用で、十年近くも介助をしてくれていた顔見知りの助役さんたちに冷やかされたものだ。

実行委員会のメンバーは、経験の乏しいなか、できるだけ金をかけずにやろうとしていろいろ調べたり、走り回って、よくしてくれた。有り難いことだ。

〈新婚旅行〉

その夜、無事高松の旅館に着いた。

まず、食事をとった。

朝は、緊張してほとんど食べられず、披露宴では、ご馳走が並んでいて、仲人さんが気遣って勧めてくれたが、そんなに食べられるものではない。

二人はよく食べた。こんなに美味しい食事はなかったように思えた。解き放たれた気分である。ヤレヤレというより、闘いに勝ったような妙な気持ち。

心配していたことは的中した。お風呂は、車いすなどでは狭くて利用できなかった。入湯はあきらめて体を丹念に拭いてもらった。多鶴子は胸から腰の下辺りまで、バスタオルを巻いて出てきた。

わたしは、ギクッとなった。心臓が早鐘をついている。二人は裸で抱き合った。頭がかっとなったが、自由が利かない。それでも多鶴子の補助で全ての行為が果たせた。とっさの機転で、多鶴子が少し工夫して、体を上にしてリードしてくれたのだ。わたしは、〃イチニンマエ〟になれたと思った。生きていて良かった、とあえぐ息の中で考えた。

息が整うのを待って、わたしは話しかけた。

「子ども欲しいか？」

「なんで……」

「僕も子ども好きやけどな。『短命』言われてるから迷ってるのや。今の活動をずっと続けたいしな」

「分かっている。わたしもそのつもりよ。ええやない、子育てだけが人生違うもん」

打ち合わせしていた話ではなかったが、妻は付き合っていた三年間で充分理解してくれていたのである。

旅行は、思っていた以上にスムーズにいった。宿、タクシー、駅員、観光地の係員……と旅行業者が予約していたこともあるので、一概には比較できないとは思っている。しかし姫路市の福祉が遅れていることと、住民の障害者に対する接し方の低さに気がついた。

（姫路で、もっと力を入れて福祉を訴えて行こう）と決意を新たにさせられた。

これからも障害者たちの結婚はあるに違いない。無くてはならないのだ。その時、現状のままでは新婚旅行がスムーズに行くとはとても思えない。高松市にある栗林公園を訪れた時のことだ。なんの気なしに入場券売場に行った。係の女性が車いすを見つけて、「障害者手帳お持ちですか」と尋ねた。手帳を見せると、「半額で結構です」と言ってくれた。

宿へ帰ってからパンフレットを見ると、〈市内、市外の区別なく、一律障害者半額〉と記されているが、わたしが感心したのは、制度もそうだが、係員などへの徹底ぶりだ。こうなったのはきっと障害者や親、ボランティアの運動があったのだろう。

この旅で、最も感動したのは、広島の平和公園だった。もう一人前の人間である。命をテーマにした平和資料館をじっくり一周りした。息がつまる思いと同時に、〝原爆〟の恐ろしさを知り、戦争の愚かさを痛感した。

そして、昔読んだ峠三吉の詩を思い起こし、その碑を見に行った。折り鶴がいくつもかけられていた。碑という碑、すべてに折り鶴がかけられ、ある碑の前や公園の片隅で、お年寄りが数珠を片手に座り込んで線香をあげていた。

わたしは、ここでは戦争反対の平和運動を続けていくことを自分の心に言い聞かせた。何はともあれ、いい新婚旅行だった。

この年、「ロッキード事件」が発覚し、田中角栄首相が逮捕されて、〝ピーナツ〟とか〝ピーシーズ〟とかいう言葉が飛びかった。

十四　新婚生活

叔母が急死してから、少し突っ張り気味にして、ほとんど翼を休めることなく走り続けた八年間。念願だった家からの独立もかなえられ、やっと自分の心を癒す場に辿り着いた。多くの人の力を借りて！

〈眠り病〉


新婚旅行から帰ると、わたしは奇妙な病にとりつかれた。

家にいる日は眠りに眠った。

朝起きて食事をすると眠り、昼になると自然に目を覚まし、きちんと食事をとる。また夕刻まで眠り、食事をとり、休憩して入浴を終えると、朝まで熟睡した。一日眠りっぱなしの毎日。

二週間ほど続くと、妻は心配して、中山ドクターのもとへ診てもらいに行った。ドクターは、「外出するときに大丈夫ならいい。脳が睡眠を要求してるのや。寝たいだけ寝かせておけばいい」と心配している多鶴子に答えた。特に名づけると、〝眠り病〟とでも言うべき症状は三カ月も続いた。

心が安らぎ、満ち足りた日々だったが、いつまでも長く浸ってはおれなかった。力任せに、わたしを抱いていた妻が、ある日〝ぎっくり腰〟を起こした。

湯船から、わたしを抱き上げた瞬間、

「痛い！」と叫んだ妻は、わたしを何とかベッドまで運んだ。ベッドに横たわっても痛みが増してきて、額に脂汗を浮かべ、珍しく弱音を吐いた。

「抱けなくなったら〝結婚生活〟もう終わりネ……」と涙を流した。わたしは、「絶対に治るよ」と言い、肩の下まである妻の髪を撫でた。そうする以外、わたしはなす術がなかった。

わたしの実家に連絡し、二人で一週間ばかり帰り、治療を受けながら、抱くコツを教わった。力任せがいけなかったのだ。硬直したわたしの体をうまく利用してやれば、そんなに腰への負担がかからなくなる。

〝新婚生活〟というより〝結婚生活〟最大のピンチを乗り越えた後、軽い腰痛は起こしても、幸い寝込むような〝ぎっくり腰〟を起こしていない。これぱかりは日頃から注意を怠っていない。

〈自動車免許〉

機械に弱いと思い込んでいる妻は、自動車免許は持っていなかった。

団地の夕陽ヶ丘は、バスの終着・始発点だったので、バスで街に出かけていた。だが、一時間に一本と便が悪く、三段の高いステップは、乗り降りがキツイうえ、最終が八時台。姫路文学人会議の合評会が終わったら、最終のバスは間に合わなかった。そのつど山の中の住宅地へ車で同人誌仲間に送ってもらっていた。

そのほかにも活動舞台はほとんど市街地である。どの活動を続けるにしても、便利が悪かった。追い詰められたかたちで妻が教習所に通い、自動車の免許をとることになった。決めたものの妻は、機械嫌い。どれほど苦労したかを知っていただくために、第二詩集『おまえ』(一九七九年発行)の中から、詩を一編取り出してみたい。

※　※

自動車学校

機械に弱い妻が
自動車学校に通い始め
毎日帰ってくると
カバンを投げ出し
ドカッと座り込む

トイレに一人で行けない私の介護
長時間家を空けられない妻
パートタイムにも私を乗せてなら行ける
バスや電車に車イスでは乗せにくく
妻の腰痛が心配だ

溜息つきながら
技能教習の教科書を持って
私の横へこそこそっと入る

眠ったふりをしている私に気付かず
豆球を明るくして本を読み始める
私は妻が眠るまでじっとしていた

※　※

苦労に苦労を重ねて、やっとわたしの足（自動車免許）を獲得した。

あらゆる運動がやりやすくなった。

「雑草の会」のまちづくり運動やミーティング、各種団体の会合など、一層積極的にやれるようになっていった。

その一方で、〝死〟の恐怖から、結婚してからも、三十歳を過ぎるまでの十年ほどは怯えた。活動している間は忘れているが、夜になると「短命」という宣告が襲いかかってくる。払いのけても払いのけてもわたしを脅し続けた。定期検査の前夜は、子どものように妻に甘えて、「怖い！」と涙を流し、抱きついて眠った。妻と別れたくない、失いたくないというのも混じっていたのだろう。それにつけても叔母のことが思い出された。叔母なくして、今の伸二郎はないのだろうと思った。だから叔母の命日には、必ず墓参りに行って報告した。墓前に座ると叔母の声が聴こえてくるのだ。わたしは現在の生活を詩に書いて読み上げた。

※　※

命日

干しぶどうの胸に
太い注射針が刺さり
血が逆流してくる
懐中電灯で目をみた医師は
ひとこと告げて
病室から立ち去った

生まれつき体の不自由な
伸二郎ちゃんの世話をしてくれる

優しいお嫁さんがみつかるまで
死んでも死にきれへんと言うていた叔母

大声で
お母ちゃん、お母ちゃん
僕も連れて行って
親代わりになって育ててくれた叔母の
布団の端を握って
お母ちゃんと泣いた

親戚や近所の
おじちゃんやおばちゃんが
僕の肩をたたいたり手を握って
伸二郎ちゃんを残して
お母ちゃんはしょうがないな、ほんまに……
すすり泣く

僕もそのつど涙が流れた

小さい頃から便秘症の私
石鹼を細長く削って
お尻にそっと差し込んで
用を足すまでトイレで抱いていた
腕がしびれるわと言いながら
流れる汗を拭いていた叔母

雪の舞い散る日も
どしゃぶりの雨の日も
私を背負って小学校へ
教室の片隅にじっと座って
朝から授業の終わるまで
見守ってくれていた叔母

多鶴子と結婚して
どこに行くにも車いすを押してもらって
キャンプや障害者の集いにでかけているよ
お母ちゃんと呼んでいたときのように

お風呂も毎日いれてもらって
ただれもできない
トイレも行きたい時に
いつでも遠慮なく連れて行ってもらえるんだ
お母ちゃんと呼んでいた
あなたが生きていたときのように

太陽の照りつける叔母の墓に
線香をあげながら
なつかしいあなたの名前をよぶ
お母ちゃん

夜になると悲鳴を上げていたにもかかわらず三十歳ぐらいまで、一歩外に出ると相手かまわず、持論の〝福祉論〟をぶち上げていたので〝カミソリ浜野〟と同じ年頃の福祉関係者から恐れられた。だが、本当はそうではなかった。今でも同じだが、音楽を聴いたり、あといくばくもない人生だと思うと、ふと寂しくなってきてボロボロ涙を流していた。

※　　※

〈障　害〉

満ち足りた新婚生活だったが、わたしに思わぬ悩みが生じた。それは、詩作の口述筆記を妻にしてもらうことだ。わたしの詩は、身辺雑記を赤裸々に書いていた。もちろん妻、多鶴子のことをテーマにした作品が多い。

いくら妻でも、本人を目の前にしての口述筆記はやりにくい。黙って筆記してくれていても、都合の悪い個所になると、

「これ、違うやない」と口をはさまれて中断してしまう。するとさっきまで頭に浮かんでいたようには表現しにくくなる。

友達が来るのを待つにしても、詩はイメージが湧いた時に書き上げないと作品にするのは難しい。しかも、山の中の町に引っ越したために、毎日実家へ誰か来てくれていたようにはいかなくなっていた。

友人も薄情になったのではなく、いつも側に介護する人が付いているという思いと、二人にさせておこうといった気遣いから、ちょくちょく覗いてくれるだけになっていた。

妻であり、時には母代わりの介護をされながらも詩作を続けるうえでは、悩みは尽きなかった。とかく人生はすべてうまくいくとは限らない。

何とか自由な詩作をしたいと考えるようになった。

結婚から四年後のことである。某新聞社の愛のプレゼントとして、電動タイプライターが、わたしにも支給された。電動タイプライターの『ネオライター』は、詩作を続けていくうえで〝天の恵み〟だった。

使用するのは、少ししんどかったが、詩を思いのまま表現できるようになり、一九八三(昭和五十八)年の第四詩集、『鶴よ、はばたけ』の発行に繋がった。

その詩集と「雑草の会」の活動とが評価され、兵庫県下にある芸術文化団体、半どんの会より、「文化賞芸術奨励賞」を受賞した。社会的に、福祉や文学面で一定の評価を得られた。第一詩集以来、わたしを指導してくださっている清川さんには、その折も助言してもらった。

〈地域社会への参加〉

引っ越しして、全く知らない団地に移り住み、可能な限り地域社会に溶け込むように二人で努力した。

妻は、誘われると積極的にママさんソフトボールやバレーボールに参加した。

現在は、民生協力委員として、お年寄りのお世話をしている。

わたしが結婚して二年後、電動車いすのモニターをしていたから、朝夕団地を散歩した。すれ違う人には、声をかけることに努めた。子どもは好奇心を正直に向けてくるが、大人たちは、恐れと慣れない対応にまごついていた。そのうち慣れてきて興味に満ちた目から理解の目に、しだいに変わっていった。子どもたちは、「浜野のおっちゃん、おばちゃん」と自然体で慕ってくれるようになった。障害者の家族としてでなく、ごくありふれた一般の家族として扱われるようになっていった。

一九八二年に始めたアマチュア無線も、着実に交際範囲を広げていった。山の中の団地だけでなく飾東町全域に広がっていった。地域の無線クラブに誘ってもらって、新年会や忘年会などに参加し、家族ぐるみの付き合いが始まった。それはアマチュア無線を休んでいる今も続いている。

高山さんの子どもさんで、当時六カ月の赤ちゃんが、今年大学に入学を果たした。

姫路市が六月に、市内の障害者を対象に、数年「ジョイフルデー」と銘打って動物園を開放していた。みなちゃん一家三人と一緒に行った。当時三歳だったみなちゃんは、小さな弟がいた。やがて眠くなりむずかった。それじゃ車いすでも押すかと言うと、にわかに元気になり、妻が押す車いすを押したものである。

大学の進路を決める頃、

「浜野のおっちゃんのような人の世話をする仕事をしたい」と言いだして、親をビックリさせた。連れ立ってきた親子で相談を受けた。よし、それならみなちゃんをリハビリテーションセンターに連れて行こうということになった。実際に見せれば考えが変わるかもしれないというもくろみだった。ところが案内の先生の話を聞き一層刺激を受けて、夏休みにリハビリテーションセンターの一角にある自立生活訓練課で、実習を受けることになった。みなちゃんはさらに意欲を燃やし、福祉系の四年制の大学で勉強している。初めは短期大学に進学予定だったが、実習先の先生のアドバイスにより猛勉強をやったのである。

アマチュア無線の影響は、飾東町に留まらなかった。その中には、一般企業の重役さん、自動車学校の責任者、中小会社の社長さん、あらゆる層の人がいた。
　このようにしてだんだんと地域社会に溶け込むことができた。

〈報道と好奇心〉

「雑草の会」の設立から結婚、そして実生活と、新聞・テレビ・ラジオ・雑誌……などにその都度、かなり細かく報道された。興味だけのものはお断りもしたが、社会性を含んだものには積極的に飛び付いた。あまり好きではなかったが、わたしや仲間や妻のことを知ってもらうことが、社会啓蒙になると信じていた。そのために、わたしは、いつしか義務感で運動をするようになってしまった。そして、自分を運動の枠にはめてしまい、自由を見失い窮屈感に縛られていった。

　最も聞かれるのが嫌なことがあった。マスコミが言いはじめたことではないが、マスコミにも聞かれた。それは、結婚して、しばらく子どもが出来ないのは体が不自由だから、子どもが出来ないのだろう？といった噂が広がってからだ。直接、「子どもさん出来ないの？」と尋ねてもきた。今なら知らん顔をするのだが、若さも手伝って、むきになって否定した。放っておいてくれ、人のことをと思いながら。

〈生活苦と闘って〉

結婚して、まず生きていくことが闘いだった。最初の二、三年は蓄えもあった。しかし、収入が障害者年金と介護手当てと姫路市からの手当てだけだと、食べるだけが精いっぱいだった。わたしは思った。国民の最高の保証を定めた憲法は、最低限度の生活をうたった「憲法二十五条」はどこに消えたのか。

「安全保障条約」が「憲法」を超えている。

その中で、わたしたちは、一日一日を大切にした。

わたしの体は、ガラスのようにもろかった。体重三十七キロ、肺活量八〇〇。

中山ドクターからは、「風邪をひいたら肺炎と思え!」と言われていた。

昼夜を分かたず発熱した。医療生協の運動にたずさわっていたので、共立診療所に飛んでいったり、往診に来てもらった。また、膀胱炎で二度入院した。

元気な時は、偉そうなことを言っていたが、一度熱を出し、寝込むと青菜に塩だった。〝死〟の幻想に怯え、妻に弱音を言っては甘え、泣くこともあった。

妻は、ホームドクターに変身し看病してくれたが、動じることなく叱咤激励して、時には〝鬼〟となり、平手打ちをくらわされたこともある。

しかし、それが効き目を表して、「ちくしょう、なにくそ」と発奮して回復に向かった。妻が、わたしと同じようになよなよしていたら、今のわたしはなかったことだろう。わたしの講演料、妻のアルバイトや家での編物教室などで貧しい家計を持ちこたえた。

母が亡くなる一九九二年まで、「お父さんが株に手を出して大損したから、充分なことしたられへんけど……」と言いながら小遣いをくれていたので、何とかしのげたが苦しいことには変わりがなかった。だが、生活苦については、妻は誰にも愚痴をこぼしていない。母が亡くなってから、少しずつ兄夫婦も覗いてくれなくなった。何かあれば言ってくるだろうと思っているのだろう。連絡しない方も悪いが……。

しかし、長兄夫婦以外、ここ三年どの兄夫婦からも電話一本ない。父は蒸発し行方不明になっている。バブル経済は我が家の崩壊を早めた。

〈結婚記念日〉

わたしたち夫婦は、格別に結婚記念日を大切な日と位置付けた。

「一年もった」

次の年になると、

「また、一年もった」という具合に。この喜びは表現しがたいが、普通の夫婦には味わえないことと思う。不安の連続と引き換えに味わう喜びだった。

わたしは、新婚時代の小遣いのあった時、妻にささやかなプレゼントをした。

妻は、森昌子の大ファンだった。ある年の四月か五月に森昌子の姫路公演を知ったわたしは、友に頼んでチケットを買ってもらっていた。結婚記念日に、そっと「行って来たら」と、チケットを差し出した時の妻の喜びようは忘れられない。

こうして、ひとまず目標としていた結婚十年目を三カ月先にした頃、中山ドクターの結婚式のメッセージを思い出し心が揺れていた。

それは、「結婚式は、たいてい来てくれるもんや。しかし、もし十年もったら、お祝いの会をしてみろよ。何人の人が友達として続いているか。また、その間に何人の友達が増えているかを知ることは、二人のバロメーターになる」というものだった。

中山ドクターの言われていたことは、もっともな話だ。十周年を祝うという非常識な計画への恥じらいと、知人に迷惑になるとの思いから迷っていた。

そんな年の一月、懇意にしていた某新聞社の宮下記者が、「何かない?」と突然訪ねて来た。

つい気を許し、「記事にせんといてや」と断っておいて、中山ドクターのメッセージのことを話した。

「ええことや。したらええやん」と言って帰った。

明くる日の新聞を開いて驚いた。

写真入りで、

「浜野さん夫婦が結婚十周年の準備中」の記事が載っていた。もう迷っている余裕はなくなった。

依頼するまでもなく、雑草の会と姫路文学人会議の会員を中心に実行委員会が組織された。

またたく間に当日を迎えた。

中山ドクターも駆けつけてきてくれた。世話をしてくれた人のおかげで百人を超す仲間や先生たちが集った。手作りパーティーが嬉しかった。結婚式とは異なった感動であやうく涙が出そうになった。


この頃、脳性小児麻痺による硬直が強く、頓服の緊張緩和剤を飲んでも眠られない日が続いた。中山ドクターから「晩酌でもしてみろよ」と言われたので、お酒を一口飲んだが受け付けなかった。おかしい、そんなはずがないと思い、養命酒を飲んだが、これも受け付けなかった。習慣とは恐ろしいものだ。

妻がアルコール類を全く口にしないので、わたしも十年余り、アルコールを飲まなかった。それでいつしか飲めなくなっていた。現在も飲めないでいる。付き合いの席で、多少でも飲めたら……と思う時もある。もともとあまり飲めない体質だったのだろう。地理的なことから、パチンコなどもしなくなっている。したいとも思わないけれど。

この年、「新人類」という言葉が流行り、社会党で女性委員長が誕生した。一九八六(昭和六十一)年のことだ。

四十歳の頃から、結婚記念日が来ると、言うことが変わってきた。

「あんた、契約不履行やわ。わたしの〝夢〟破ったやない。また一年長生きして」

「何が契約不履行やねん」

「知恵遅れの施設を二、三年ずつ勤めて、全国の施設を回るつもりやったのに、〝短命〟いうことで結婚したら、十年も十五年も死ねへんねんもん」

「俺もこんなに長生きできるなんて思ってなかったし、先にプロポーズしたのおまえやから、契約不履行は言いがかりや。俺が死んだらどこに行って働いてもええ」

「もう遅いわ。こんな歳とってもたら、どこも雇ってくれへんわ。しょうがない。生きたいだけ生きたらええ。最後まで面倒みたるわ」

〈雑草の会と当時の福祉〉

一九八一年の「参加と平等」を旗印に、国際障害者年を迎えた。この年を皮切りに、障害当事者やボランティアの会が次々に生まれ、行政もある程度福祉施策を打ち出しはじめた。充分とは言えないが……。そして、一九九〇年代からの「自立生活支援センター」への動きになっていった。この移行の動きは、かなりの人が知っていると思う。

それまでの福祉に関して、わたしがかかわった大きなものを書き、その後のことも少し述べさせてもらおう。

【全国的な動き】

・一九七〇年代、革新的な首長が誕生し、その地方は、比較的に福祉行政が進んだ

「雑草の会」関係

◆一九七九年、身障者ドライバー高速道路料金半額割引制度に関して、「介護運転者にも適用を」の運動を起こし、県会及び国会請願などを経て、一九九四年実現

【兵庫県関係】

◆一九九七年、兵庫県の福祉のまちづくり条例施行

【姫路市独自】

◆一九七四年、大手前公園に身障者トイレ新設（野外で最初）
◆一九七六年、リフト付き市バス登場（観光用）
◆一九七七年、市バス・神姫バス介護者一人認可
◆一九七七年、身障者用タクシー登場（「はとタクシー」）
◆一九八五年、福祉の店「花北」開店
◆一九九〇年、市バス・神姫バス障害者無料化実施
◆一九九四年、タクシー助成始まる
◆一九九七年、ガソリン割引制度開始（バス、タクシー、ガソリン券選択制）

十五　機械化の中の結婚生活

タイプでの詩作は体力的に限界になっていった。

〈ワープロ導入〉

ワープロを導入することにした。しかし、まだ家電店にも並んでいない時代だった。そこで、二十歳の頃に、カウンセリングの研修でお世話になった、富士通株式会社の本社に勤務されていた山脇さんのことを思い出した。ずっと年賀状のやり取りだけはしていた。テレビで、高見山が〝軽くなった〟と唐草模様の風呂敷に包んで肩に担ぎ、「価格も五十万円を切った」広告を見て。

山脇さんは、「OASYS」を開発した国松部長に言い、さらに大阪本社の部長にも連絡して、姫路から通勤していた小南課長に、「障害者のユーザーさんに、現物を見せてあげてほしい」と依頼してくれたそうだ。

「お持ちする」との電話があり、一週間後に小南課長さんが実物を持ってきて、基礎の使い方を指導してくれた。

「一週間お貸しします。使用できるかどうか使ってみて……」と言い残して帰っていった。

とにかく魅力は、ベッドに横になり使えたことだ。十四インチの画面に十四行が見え、前後の関連が分かり、キー一つで削除や挿入が自由なうえ、文字は指一本で、「あ、い、う、え、お」のキーを叩くだけでよかった。わたしは、まさしく〝水を得た魚〟だ。打って打って打ちまくった。

取りに来て様子を見た小南さん。わたしが作った八編の詩と手紙数通を見て言った。

「私、持って帰れません。あまりにも忍びがたくて。お支払いは後日で結構です。わたしから上司に報告しておきます」

嬉しかった。

この機種「MY・OASYS」は、企業の間で人気沸騰の最中で、生産が追いつかない状態なのだ。店頭どころか各支店に在庫がない時期である。わたしのような個人を相手にしてくれたことに有り難さが身にしみた。

ワープロに関しては、脳性小児麻痺からくる不随運動で、隣のキーに触れてしまう難点があった。福祉機器を作っている所で、キーごとに穴を空けたプラスチック製のカバーを作ってもらいキーボードにかぶせて使用することにした。

いろいろなストレスはあったと思うが、物理的なものは、妻がカバーをしてくれていた。しかし、詩作の面でのストレスは、ワープロを取り入れたが、すでに手遅れになっていた。

夕陽ヶ丘の自治会に、わたしたちは働きかけた。病院と相談して、大腸ガンの予防として〝便チェック〟をやることにした。

勧めたわたしも含め数人が陽性で、結果はスリープラスと最も悪かった。検査した人に問いただした。

「便秘症でいつも出血しているんや。そやから大丈夫やろ」

「あまりにも結果が悪いわ。とにかく早く検査したほうがええで」と言われた。たまたまスケジュールが空いていたので、二泊三日の検査入院をした。みんなが言うほど、腸カメラは苦しくなかった。

しかし、担当の大林医師は、

「ここの病院では手術ができないから、どこでも紹介状書くよ。大丈夫、大丈夫。悪いもん違うから、切ったらしまいや」と事もなげに言った。

わたしたち夫婦は、少し考えて、わたしの家の近くにあった国立姫路病院にした。


〈四度目の宣告〉

数日のうちに、フィルムと紹介状を持って、国立病院に診てもらいに行った。

わたしの担当になった、少し小太りの背の低い医師は、「富中」の名札を付けていた。持ってきた紹介状を読み、フィルムを食い入るように見ていた医師は言った。

「入院して手術ですね。でも撮られた方も大変だったでしょうが、撮った方も大変だったでしょう」

わたしは思わず言った。

「どんな苦い薬でも飲みますから……」

「僕もそうあってほしいです。何か心配事ありますか」と終始ニコニコしていた。

わたしは車いすの不自由さを、いろいろと言った。すると富中医師は、「奥の入院病棟見学してご覧なさい。車いすの患者さん大勢いてるよ」と言って安心させてくれた。

暮も押し詰まった十二月十八日に入院した。完全看護が建前だったが、「看護婦だけだと充分なことできませんので、奥さん付き添ってください」と婦長さんは言ってくれた。

周囲の人に手術のことを尋ねてみた。

「おおよそ入院して、二週間後が手術ですわ」と教えてくれた。

早くて年末、ひょっとしたら年明けかと安心していた。

妻が自分の荷物を取りに帰っていた。

富中医師が病室に来て、「浜野さん、明後日に手術します」と言った。

わたしは、心の準備もないまま不意をつかれた。しどろもどろ、「どのような手術ですか」と尋ねた。

「大腸にかいようが出来、穴が空き出血しているので、その部分を切り取り、腸と腸を繋ぐだけです」

「大丈夫でしょうか」

「絶対とは言えませんね、浜野さんの体力が乏しいので。でも手術以外治らないし、比較的簡単なものなので……。僕も全力尽くしますので、ご安心を……」と立ち去りかけた医師に、わたしのことを少しでも知ってもらおうと呼びとめた。

「わたしの書いた詩集です」と差し出すと、「いいのですか」とニコニコ顔で聞き返した。

「はい。読んでください」と言うと、気さくに「じゃあ遠慮なく」と本を片手に持ち病室を去っていった。

　入れ替わりのように、アマチュア無線の知人が訪ねてくれた。

「今、病室から出ていった先生、主治医でしょう」

　製薬会社勤務の知人はズバリ言い当てた。

「どうして分かるの」と半信半疑で聞いた。

「廊下ですれ違った時に、わたしも買った浜野さんの本を持っておられたので、この患者さんよろしく、と言っておきました」

　その影響があったかどうかは定かではない。全く知らない病院だったので、とても心強く思った。

〝死〟の宣告とまでは言えないが、かなり酷なことを言われた。手術後四、五日、病院の近くに住んでいた清川さんをはじめ、来てくれると思っていた人の面会がなかった。どうしてだろう、不思議だった。退院後、その理由が判明した。

それは仲間の噂だった。

「浜野の体力で腹を切ったら、戻ってこれんかも……」というものだった。

特に清川さんは、奥さんが、「具合見てきたりんか」と言うと、

「浜野が苦しんでいるの見に行けるか」と、言葉を荒げたらしい。他人がこれほど親身になってくれることは有り難い限りだ。

「春までの退院は無理だろう」と二人で話していたが、医師の〃絶食〃などの言いつけを忠実に守ったことなどの甲斐があり、人より早く、約一カ月で無事に退院できた。

ほとんど苦痛を感じなかったが、京都大学の医学部所属の医師でも、最初は脳性小児麻痺独特の緊張の対処が分からず、不安になって手術の後、一晩眠れなかった。

この手術で嬉しかったことがある。

麻酔が覚めかかった時、もうろうとした意識の中で妻の母の声を耳にした。妻が連絡したのだろうが、心配して来てくれている。

まさしく〃雪解け〃だと思った。意識が戻ってから妻に聞くと、やはり間違いなかった。

切り取った個所は、幸い陽性だったが、念のため、三年通院することになった。一年ほ

どで、富中医師は転勤した。

代わりに着任した中森医師は、手術後三年目を前に、「共立病院に戻ってもかまいません。浜野さんがよければ、国立病院が責任もって診ますよ。体の動きが悪いので、調整剤飲んだほうがいいし、カルテもある。例えば、手術になると転院だし、定期的な検査もしますが……」と言ってくれたので、国立病院に通院することにした。現在も世話になっている。

共立病院は、現在「訪問看護」などで世話になっている。そして、わたしたち二人の生活は、妻の体が第一だ。妻も成人病検査は、毎年欠かさず受けている。


〈わたしの詩作〉

わたしの詩作は、ワープロのおかげで第五詩集『白鬼の恋女房』（一九八五年発行）、第六詩集『蟹ゆで』（一九八九年発行）、第七詩集『仲良し地蔵』（一九九二年発行）、第八詩集『台風無情』（一九九六年発行）、第九詩集『梵鐘（つりがね）』（一九九九年発行）の五冊の詩集を世に問うこととなった。その中でも、『蟹ゆで』は発行した年に、姫路地方文化団体連合協議会より、黒川録朗賞を受賞した。

お金に乏しいわたしが九冊もの詩集を編めたのは、温かい周囲の人の協力があったためである。一冊詩集を自費出版すると百万円仕事になる。
跋文、選および編集は清川さんの無料奉仕、表紙絵は、有名な方でも、清川さんの紹介でお願いに行くと金銭は取ってくれない。最低価格になる。その上、通常の三倍余り印刷すると、一冊のコストは下がる。

さらに全国の仲間や知人に出版を知らせると、「僕十部、私五部……」といった具合に、それぞれの力量で販売してくれ、五、六百部はさばけ、贈呈者からお祝いもあり、ほぼ元手がとれる。清川さんに、「おまえは日本一の幸せ者や」と出版の都度言われている。

そのほかにも、「雑草の会」の会員だった新家隆君が亡くなる前年、一九八四年に姫路市民会館のロビーを提供していただき、一週間共同の詩画展を開催して、多くの方々に見てもらえたことは、いい思い出になっている。

また、今年十二月に第九詩集の表紙を飾ってくれた岸本画家の申し出により、「チャリティー詩画展」を開催するため、その準備を進めている。

〈雑草の会の衰退とともに〉

大腸の手術をして、前に書いたように、仲間の手で、「結婚十周年の祝賀会」を終えた頃より福祉、文学、平和の催しに積極的に参加するようになって、それぞれの役職に抜擢されはじめ、少しずつ忙しく、責任が大きくなっていった。

体も出血が止まったためか、肉付きも徐々に増し、以前より元気になっていった。

その一方で、「雑草の会」は、いろいろな福祉の会が誕生し、主力メンバーは子育てや会社に縛られるようになっていった。最近、全国各地に散った仲間が、社会福祉協議会のボランティアや、自立生活支援センター関係の仕事をするなど、その地に根付いた活動をしているとの連絡が入ってきている。

わたしは、自己満足かもしれないが、「雑草の会」の活動とその精神は息づいていることを肌で感じはじめている。

それにしばらく連絡がなかった地元の元会員が、家庭が一段落したりして、会員に再入会する者も出てきた。

そこで、大きな行事はできないまでも、機関紙の発行を続けて細々でも活動しよう、と思っている。一九七八年に誕生した但馬支部も含めて将来にそなえて、帰ってくる場を守っておこうと……。

一九九六年までは、比較的順調に進んだ。

それは、妻の存在なしには考えられない。わたしの病気の時は看護婦さんになり、外出の時はわたしを担ぎ車いすを押し運転する。階段ももののともしない、萎えたわたしの足となって。家にいるときは、妻であり仲間である。時には厳しく手が飛ぶことも。でも妻であり同時に優しい母にもなった。自分の体調もかまわず、働きづめの多鶴子と「二人三脚」というより、「二人二脚」として。

笑い声も絶えることもなかった。そうしたことがうまくいったのは、大きな福祉機器のおかげだ。四十歳前後から、背骨の湾曲のために、長時間座るのが苦痛になっていた。

整形外科の中山ドクターは知っていたのだろう。

〈シーティングとの出合い〉

日本国内では、まだシーティングを取り扱う業者はなかったが、シーティングという座位保持装置のモニターにわたしを選び、カナダと提携して準備をしていた会社があった。

モニターになったわたしは、型取りを外人二人にしてもらった。通訳つきである。

わたしの日常生活の状態を聞かれたので、発行したばかりの詩集『蟹ゆで』を恐る恐る見せた。それというのは、詩集の扉に寝転んでワープロを打っている写真があったからだ。

二人の外人は、肩をすくめ、

「ノー！」と叫び、通訳に話をした。

通訳の話を要約すると、「こういうのはいけない。人間は座って作業するのが本来のかたちだ」と言うのだった。

「そんなこと言っても……」

わたしは、内心反発心を抱いていた。

型取りは思っていた以上に楽だった。石膏など使わず、ウレタンのようなものの上に座らせ、空気を抜きながら型を取っていく。最初は、両方から支えてもらっている。ところが、わたしの体に合わせた椅子になると、不思議にも、横の支えなしに座れていたのだ。わたしは、キツネにつままれたような気がした。

記憶に新しい「湾岸戦争」が起きた一九九一年からシーティングを使いはじめた。電動車いすと手動のトラベル用に取り付けて、今は離さず使用している。生活の一部というより体の一部となっているのである。

モニターになって間もなく、成人に対しても、身体障害者手帳所持者は支給対象になった。

ただ義務感で活動していたわたしは忙しさのあまり、三十代後半に「一生懸命しても誰も認めてくれへん」と言って、妻に向かって泣き叫んだことがある。

よく考えてみると、それは一九八八年だった。その年、何かと心配してくれていた、あの古城の叔父が他界し、頼れるのは妻だけになり、ふとした寂しさから生じた言葉だった。

十六　心の自立

一九九四年秋、わたしにとって新たな自己との格闘を始める出来事が起きた。

わたしは絶筆を守っていたので、脳性小児麻痺のほとんどの人が、三十代、四十代にかけ体験する「頸椎症」にはならないとたかをくくっていた。


〈頸椎症〉


朝、目覚める。

妻が新聞をベッドに持って来る。昨日まで器用に横になって読めていたのに、今日は紙面が操れない。

「多鶴子、おかしい、読まれへん」

「何を寝ぼけてんの。しっかりしいや」

着替えさせてもらいトレイに行く。横の手すりを握る手に力が入らない。何とか用を足し抱かれて車いすへ。

座る瞬間、右足で一瞬立っていた。妻は、脇を抱えていた手を緩め、いつものように、抱え直して車いすに座らそうとした。力を緩めた時、わたしの足に力が入らず、夫婦共々倒れ込んだ。

わたしは思わず、

「痛ッ！」

とうめいたので、妻は心配し、「大丈夫！」と励ましながら靴下を脱がそうとした。

わたしは、「たいしたことないから、いいから」とその場を収めた。

何となく一日妙だった。

手に力が入りにくいし、尿意を催し、尿器をあてがってもらってもスムーズに排尿できない。夜、風呂に入る際、くねった個所は紫色に腫れ上がっていた。
二、三日して高熱を出した。国立病院は診療時間も過ぎていたので、（風邪か膀胱炎だろう）と考え、共立病院に行った。診察してもらう。高熱のうえ、尿と血液検査結果も悪く、吐き気があり食欲もない。
否応もなく緊急入院。胃カメラや胸のレントゲンなどは異常なく、シップを貼りながら内科の治療をしていくと、熱が下がり、食欲も戻った。血液も尿も正常値になって二週間ほどで退院した。高熱のためと思っていたのに、入院以前の症状は治まる気配がない。そして、入院をしている間、少しずつ手足の力がなくなっていき、暖房の部屋に居ても、手が冷たく感じ、むくんだような手になっていった。

もしかして、筋ジストロフィーになったのでは……と日ごと思うようになった。

内科で言っても仕方がないと思い、退院して中山ドクターに診察してもらおうと決めた。入院して判明したことが一つあった。何かというと、「食道ヘルニア」のことだった。背骨が湾曲した影響で、横隔膜を食道が突き破り横隔膜の役目を果たしていない。

横隔膜は通常食事をすると、食べ物が逆流しないように閉まる弁の役をしているが、わたしの場合、食道が横隔膜の位置より上になって弁の役目をしていない。食べ過ぎたり、咳などの刺激によって、食べた物が逆流する。歳を重ね進行性側湾症の影響が出はじめたのだ。

退院して、中山ドクターの診察日、待ちかねたリハビリテーションセンター中央病院に出かけた。

「中山先生！」すがるように叫んだ。

「筋ジスになった……」と言って、詳しく症状を説明した。

中山ドクターは、「浜野君も頸椎症出たか？」と笑いながら言った。笑い事ではない。わたしは、死に物狂いで、「違う！　血液検査して……。筋ジスになったんや」

「違う。頸椎症や」とドクター。信じていた中山ドクターの言葉も受け入れられない。しばらく押し問答。

わたしは、頸椎症にはならないと思い込んでいたし、何かのせいにしたかった。わたしが言いはじめたら聞かない性格を中山ドクターは知っていた。

「分かった、分かった。ほら採血してもうてこい」と処方を出してくれた。すぐ、結果は出ないことは知っていた。一週間後来診することで収まった。

一週間が待ち遠しかった。症状は悪化の一途。スプーンもフォークも使えなくなっていく。

ようやく一週間が経った。

中山ドクターなら、本当のことを言って、何か手立てをしてくれるに違いないと信じて行った。

中山ドクターは、血液検査の結果表を見て「異常なしや。筋ジスでもない。近くの整形の病院に行って、首のけん引してもらうことしかないな。でも、少し楽になるぐらいや。治るなんて思うなよ。手術もあるが、成功率は二割と低いし、今更半年も棒に振って痛い目せんでいい。現状維持しかないな」

わたしは、あまりにも冷たい言葉に不服だったが、中山ドクターなら嘘は言わないだろうと、しぶしぶ帰路についた。けん引に淡い期待をかけて。

姫路には、牧整形外科病院がある。牧先生は、リハビリテーション中央病院に入院していた時にいた先生である。

わたしも妻も整形的な症状で、緊急な時は診てもらっていた。翌日から首のけん引が日課になった。

暮に入ったある日、国立病院の外科の医師に相談した。牛乳のような尿が出るときがあることを報告したところ、「次回そのような尿が出たとき、持って来てくださいね」と言われていた。

たまたま牛乳のような尿が出た。いつものように熱もない。気安く、けん引に行くついでに国立病院に持って行く気であった。だから診察の必要もないと思い、わたしは車の助手席で待った。

妻はなかなか帰ってこない。尿の検査は、〝至急〟でも長いのは心得ていた。しかし、今日はヤケに長い。イライラがドキドキに変わっていった。

やがて、妻が小走りに戻ってきて、「帰されへん。言うとってやよ」と息を切らせ、荷物席から車いすを降ろし、わたしを肩に担ぎ車いすに座らせると大急ぎで、外科外来へ。事の重大さも知らず、「牧整形遅刻やぞ」とぼやいていた。

外科の担当の医師と、名札を見ると泌尿器科の比良医長だった。

「相談するから……」と言って廊下で待たされた。二人の医師が交互に、それぞれの診察室を往来している。先生方の慌てようが分かった。しばらくして、泌尿器科でバルンを付けられて、泌尿器科に緊急入院のハメになったのだ。

初めての医師のうえに唐突だった。しかも下のこと。頸椎症の動揺も収まっていない。だが逃げ出すわけにはいかない。年末の入院でも家族は夫婦二人。逆に加盟団体の活動は、ほとんどストップしている。外科の場合と同じように、妻の付き添いも認められ、個室になった。覚悟をするしかなかった。

泌尿器科の比良医長は、思っていた以上に、わたしの体全体のことを考えて、〈導尿に切り替えること〉を自然に教えてくれた。僅か二年の国立病院での付き合いであったが。

泌尿器科の入院は正月をはさんだが、ものの一週間、二十四時間ぶっ続けの点滴とその後数日の治療で退院できた。入院中、泌尿器科の比良医長だけでなく、外科の担当医も、毎日様子を見にきてくれた。

一九九五年、退院すると頸椎症の治療に、牧病院へけん引に通った。何とか元に戻ってほしいの一心で。泌尿器科の通院は続けている。

一月十七日、阪神・淡路大震災が起こったが、わたしの家を含め、姫路地域のほとんどは、いつもより大きく揺れたぐらいにしか感じず、生活に影響を与えるような被害もなかった。

体のことにかまけて情報不足もあり、あのように大きな被害を及ぼした地震が起こったとは思わなかった。

牧整形の待合室で、長田区が燃えている光景を、テレビ画像を見ていた記憶だけが残っている。今思えば、わたし自身が身も心も揺れていたのだろう。約一カ月続けたが、効果は得られず、余計に悪くなる感じがある。力がますます抜けていくように思えた。

中山ドクターに事情を話した。

「やめておけ。効果のある人もあるが、ない人もいる。浜野君の場合は効果がないということや。治療打ち切りや。牧先生には伝えておいてくれよ」

翌日、整形の牧先生にそのことを話し、医学的治療は終わった。釈然としないまま。

三カ月後、食道ヘルニアとは承知していたが、あまり吐くので国立の外科の先生に言い、同じ国立の耳鼻咽喉科に紹介状を書いてもらった。それ以外に思い当たることがない。やっと原因が判明した。

アレルギーにより、鼻水が逆流して食道に当たり刺激され、咳と一緒に食べた物を吐いていたのだ。一カ月治療すると吐くのは治まった。

耳鼻咽喉科の先生は、「二週間に一度の通院は大変だろう」との配慮で、二度ばかりで治療を打ちきった。しかし、治療をストップすると元の木阿弥になったので、今も通院は欠かせない。

お腹一杯以上食べると、吐くことが分かった。その目安は咳だ。ある程度食べて咳が出はじめると、いくら食べたくてもやめることができるようになり、今では身についた。

皆さんは、「大変でしょう」と言ってくれるが、快適に暮らすためなら、月に外科一回、整形外科一回、泌尿器科一回、耳鼻咽喉科二回の通院と、十種類の薬の服用は苦痛とは思わない。他人のためでなく自分のためなので！

頸椎症で失った機能が、あまりにも大きくて、その年は何をしても身が入らず、活動は続けていたが、頭の中は〝頸椎〟のことしか考えられなかった。

そして、年賀状を出し終えホッとしたのか、高熱を出し緊急に国立へ。電話をすると、泌尿器科の比良医長が、たまたま当直だった。

診断は腎盂腎炎。昨年と同様、再び泌尿器科に緊急入院した。二十四時間点滴。わたしは、同じ過ちを繰り返して恥ずかしかった。

その上、わたしは小さい頃から、採血をしたり手術をしたりしたためか、〝血の恐怖症〟になっていた。血を見るのが怖く、通院していても〝採血〟と言われるだけで顔色が変わり大騒ぎをしていた。妻が押さえつけ、慣れた看護婦さんに手早くしてもらっていた。

点滴にしても、脳性小児麻痺の不随運動のため、なかなかじっとしておれなかったからだ。その頃は血管がよく出ていたので救われていた。

〝頸椎症〟になってからは、不随運動は少なくなっていたが、恐怖心がなくなるはずはない。だらしない話だけれど、頸椎を患ってから、手首が腫れたようになり、血管が死んだ。ベテラン看護婦でさえ、何度も、「ゴメンね、ゴメンね」と言って針を刺す。ますます、点滴や採血が嫌になった。

ようよう今回も、病室で九六年の新年を迎えた。

〈パソコンとの出合い〉

妻は、再三再四励ましてくれていたが、何を言ったか覚えていないように、この時ばかりは手がつけられなかった。

八月頃まで迷っていたわたしに、リハビリテーションセンターの一角で、兵庫県立の身体障害者更生相談所の九鬼先生が声を掛けてきた。

「浜野君、どうしたん。近頃元気ないやん」

若い頃からいろいろ相談し、世話になっている先生だ。

わたしは、頸椎症で困っていることを話した。

「なんや、浜野君らしくもない。パソコン始めたらええねん。悩みすべて解決するわ」

機械に弱いし、英語も苦手なわたしは、ワープロだけで充分と思っていた。

ところが、「ボタン押すだけで本が読める」の言葉にひかれて、九月にパソコンを購入した。業者の方から、CD－ROM『新潮社の百冊』を買い、使い方を教わった。

「ほかにも、いろいろなCD－ROMがあり、大きな家電店で売っています。この機械がウィンドウズ95ですから、パッケージを見て、ウィンドウズ95対応と書いていたら見られます」とアドバイスしてくれた。

今回も家電店を通さず、富士通株式会社姫路店のショールームに行き、ワープロの二台目から世話になっている木山支店長の厄介になった。

予備知識もないまま無謀に買ったパソコン。CD－ROMの存在も知らなかった。CD－ROMは、一枚のCD同様のものをパソコンに入れて起動させる。最初に買ったCD－ROMは、百冊の文庫本が収められ、その上六冊は朗読してくれるし、ページは九鬼先生が言った通り、ボタンを押すだけでめくれる。文明の力に驚かされた。

その当時、CD－ROMの品数も少なかったが、大きな家電店を回り、文学作品をはじめ、辞書類や地図、研究資料などの電子ブックを含めたCD－ROMを買った。それを使用していくと視野も広がり、悩みも霧が晴れるようにとけていった。パソコンで音楽CDも聴け、楽しむ余裕も生まれ、長いトンネルを通りぬけ快適な暮らしを取り戻せた。

その陰には、富士通株式会社と提携を結んでいた修理会社の木村さんがボランティアとして助けてくれた。

使い方を間違えては修理をしてもらい、行き詰まるたびに使用方法を教わった。今も回数は減ってきたが世話になっている。

使えば使うほど問題が生じてくる。例えばボタンのマウスを使うにしても、二回続けて押さないといけない場合があり、ダブルクリック解消のために、リハビリテーションセンターの一角にある工学研究所に行く。わたしの担当で世話になり続けている松田先生や、木村さんの力で、真中を一回押すとダブルクリックになる、某メーカーの製品を探してきてもらったりした。

最も問題になったのは、辞書などの検索の際、文字を入力するためにキーボードを使う必要性に迫られたこと。しかし、ワープロの場合のようにはいかない。

なぜならパソコンは座って使っている。キーボードは打てない。キーボード使用の概念は捨てなければならないのだ。

その上で、松田先生はいろいろ考えて、画面の片隅に仮想キーボードを映し、文字をマウスで叩いて打っていくソフト会社の方に、わたしの家を訪ねるよう手配してくれた。

そのパシフィックサプライ社の担当者は、一週間後にテスト用のソフトを持って大阪から来てくれた。使い方を聞き、一カ月借用可能だったので使ってみた。パソコンで文字が打てた。

一カ月後、早速魔法の品、『ウイヴィック2』を購入した。

価格が約十万円。障害基礎年金で生活を営むわたしたち夫婦にとっては、キツイ品物だったが、パソコンを使っていくうえで必要不可欠なものだった。

たとえ僅かでも補助を……と思い、姫路市役所の窓口で説明したが、上司にも相談せず門前払いにされた。兵庫県内でも、障害者に対して柔軟な考え方を持っている市では、担当者が「障害者の自立に役立つ」と判断して、予備費から半額助成していると聞いていたが、淡い期待は吹き飛んだ。

妻が生き返ったわたしに、

「さすが、伸ちゃんステキ!」とくらいついてきたことを思い出す。

五月頃、パソコンを勧めてくれた九鬼先生と、パソコンの技能的アドバイザーの松田先生が、打ち合わせたように「どうせパソコンしてるんや、インターネットを始めて、浜野君の豊かな情報を発信しよう」とインターネットの世界へ導いてくれた。

松田先生が家に来てくれて、インターネットへの接続や電話回線を二本にする取り付けやファックスの購入などをして、何度も足を運んでくれた。

そんなある日、松田先生がわたしと向かい合い言った。

「浜野君。そんなふうに生きとったらしんどいやろ。おまえのやってきたことは認める。けどな、活動以外の時間は、法律に触れんことやったら何してもええねんで。活動のやり方も考えてみろよ。このままやったらいつまでも続かんぞ」

ハッとしている間に松田先生は帰っていった。


その夜、妻の寝息を聞きながら、過去を振り返りながら、いろいろと考えた。

そして、自分なりの答えを出した。

〈これからは、自分の殻を破って自由自在に生きよう。福祉運動は人のためでなく、自分のためにするとの考えに切り替えよう。文学は、わたしが死んだ後も、〃浜野〃という詩人がいたんやと言われるまでに、目標を高くして書き続けよう。平和運動は、自分の生活を守るためにしよう。ひとたび、戦争が起きると、福祉も文化も踏みにじられるから。それぞれの運動は一本の線上にあり、自分のためにすることが多くの人の利益になる。三つの運動を、ライフワークと位置付け、抱えて死のう〉


そう思って活動をするようになると、活動が楽しくなり、肩が楽になった。無我夢中で走ってきたため、このような基本的な事柄に四十七歳まで気がつかなかったのだ。

最近、朝、昼、夜と用事があっても、「シンドイ」などと愚痴を言わなくなった。妻にも、「どうしたん。最近変わったね」と言われている。

話は戻るが、インターネットを始めて、全国の各ジャンルの膨大な情報を取り入れられるようになった。十二月から電子メールの送信ができるようになった。今では、メール仲間は、百五十名余りにもなっている。

さらに、パソコン購入後二年で、ライフワーク発信のホームページを開設できた。原稿も最初は、ワープロを使用していたが、最近では、パソコンが主になっている。この原稿が書けたのも、パソコンのおかげだ。

長時間座って作業可能になったのは、シーティングのお世話になっているためだ。パソコンをここまで使えるようになったのは、修理業者の木村さん、工学研究所の松田先生、ホームページなどのボランティアで姫路労音の山本さんをはじめ、多くのパソコンボランティアのおかげと、感謝の念に堪えない。

誤操作のたびにパソコンを壊しても、「気にせんと使い。修理したらしまいや」と直してくれた温情は忘れない。

十七　新しい福祉

一九九七年、市町村障害者福祉計画で、姫路市の策定委員に障害当事者の委員が一人も入っていなかった。

〝まず障害当事者を委員に！〟ということと、「これからは、障害者団体も同じ問題や要求は声をひとつにしないと行政を動かせない」という視点で、「ざ・夢社会」「ひびき共同作業所」「雑草の会」が呼び掛けて、はりま福祉ネットワークを組織し、障害当事者一人を策定委員に送り込んだ。

わたしは「ざ・夢社会」が目指していた障害者の自立運動は、これからの主流になっていくものと思って見ていた。

一昔前なら社会認識を得にくかったが、九〇年代から全国的な動きになり、国の福祉施策も、措置制度を廃止した施設依存型福祉から地域で生活を営む契約・委託型福祉に変わろうとしていた。

どれほど不備が多くても、今年四月より、お年よりを主にした介護保険。国の赤字解消のために、二年後には、障害者版の介護保険のようなものをもくろんでいる。

全国の障害者が手を繋ぎ、より良いものにしていかないといけない。


一九九八年秋、「ざ・夢社会」の代表光田さんから電話があった。

「姫路自立生活支援センターをつくる会」の会長になってほしいと言う。

資金確保と人材確保などの、あまりにも大きな役に、周囲の人に相談した。

「浜野君なら、経験を活かしてできると思うけどな。でも、この会長引き受けたら、浜野君が播磨空港反対の立場でも、それとは別にライオンズクラブや青年会議所、姫路市などにお願いに行ける覚悟しとかんとあかんでな」と言う。

考えた末に、〈わたしの体が動く間は、必要とされるなら、自分のために精いっぱいやろう〉と決心した。その月の理事会に出席し、満場一致で承認された。


この頃から、政界からのしつこいラブコールと、それを阻止しようとする人たちの〝いやがらせ〟に悩まされている。

運動が回り道になっても、よほどのことがない限り、政界からの誘いに手を染める気はない。ましてや、お金のために〝体と心〟を売りたくない。

当面の課題は、翌年の四月の〝由紀さおり・安田祥子〟のコンサートを成功させることと、同じく春に立ち上げ計画をしていた作業所をオープンさせることだった。作業所を運営していくためには、コンサートを成功させる必要に迫られていた。

わたしも充分とは言えないが、「ざ・夢社会」を中心にした障害当事者メンバーは、昔「雑草の会」で活動した者や、若い頃から知っている者が少なくない。ずいぶん成長していたものの、狭い行動からくる世間知らずの面があり、それらが支障にならないようにカバーしていくことで気を使った。

障害当事者の勉強不足と言うより、そのような経験をさせてもらえなかった社会の遅れでもあった。障害者によっては能力があっても教育権を奪われている者もいる。「自立生活支援センター」の役目は、そのような〝自立したい〟と思っている障害者の手助けをする場である。

一九九九年四月二日、仲間の力の結集と、由紀・安田姉妹をはじめとした関係者、そして、「姫路自立生活支援センターをつくる会」に、いろいろな形で協力していただいた人たちのおかげで、文化センター大ホールは千七百名の入場者で満員となって、大成功のうちに終えられた。

収益も目標以上のものを上げられた。

一方で、空き店舗を借りて、戸もない所の風が吹き抜ける中で、寒さに震えながら、パソコン中心の作業所のオープン目指して準備していった。五月、「つばさ工房」と命名し正式開所に漕ぎつけ、十月に市役所から認可を受けられた。その間準備に当たって職員として採用していた佐伯さんがよく働いてくれた。わたしも作業所通いは初めてで、尊い体験を続けている。

一年通った思いを詩にしたためた。

※　※

賃金

作業所に通って
初めて賃金を貰うのを

四十八歳にして体験した
夏は冷房のない部屋で
汗にまみれながら
残された体の機能の
どうにか動く左手中指で
パソコンを操作した

冬はストーブだけの
隙間風の入る部屋で
かじかむ手に息をかけて
作業をした一年

勤務表をつけること
お客さんの対応の仕方
何から何まで

ひとつひとつ教えられた
ようやく一シーズンを
無事終えられた日に
蓄えていた賃金で
買いたかったCD－ROMと
妻に小さな花束をプレゼントした

※　※

つばさ工房は当初週二日通い、妻は導尿のためだけに付き添っていた。ある日、職員の二十二歳で独身の佐伯さんが切り出した。

「泌尿器科の先生が、資格がない人でも導尿してもいいと言っているなら、浜野さんさえよければ、私たちに教えてください。奥さん、ボーッと待ってなくても、教えてもらったらトイレ介助も食事介助もやります」

もう一人の職員の二十六歳で既婚者の菅谷さんも、うなずいて、「それが私たちの仕事ですから」とキッパリ言ってくれた。

わたしは、白衣の人と妻以外に導尿してもらったことがなかった。だが、そこまで言ってくれるなら仕方ない。無論、抵抗はあった。だが、数日後から、つばさ工房では観念して体を任せている。

二〇〇〇年五月、姫路自立生活支援センターをつくる会は、「ひめじ自立生活支援センター」として正式にスタートした。まだまだ不足しているけれど……。

わたしとしては、もう一期責任を果たすため会長に立候補したかった。けれど、理事会で早急に障害当事者同士のカウンセラーの、〝ピア・カウンセラー〟資格取得の任を受けている。会長職は、ほかのメンバーに引き継ぎ、三役に留まり、ピア・カウンセラーの勉強を集中的にすることにした。

〈自己との闘い〉

わたしが、姫路自立生活支援センターをつくる会の会長になった頃から、義母より「歩きにくい」の電話は幾度かあった。しかし、コンサートや作業所開所の準備で、様子も見に行けなかった。気にはなりながらも落ち着くまではいいだろうと思っていた。

まさか大事にはならないだろうと決めつけていたのだ。

一九九九年九月から十二月にかけて、わたしの新しい人生を作っていくような大事件が発生した。それは、辛く歯がゆいもので、葛藤の毎日。何度となく涙を流す日が続くことになった。後悔しても仕方がない。けれども義母と義父には心で詫びた。

妻は弟と二人だけの姉弟。長女だったし、弟さんは三人の子どもがいる。十年ほど前に離婚して、家には女手は義母だけだ。妻が面倒を見ないわけにはいかない。

妻の父母が入院した。

まず義母が、十四年前にリハビリテーション中央病院で両膝を人工関節にしていた。そのため、歳より早く歩きにくくなり、押し車を使用していた。

ところが、「どうしても立ちにくく、買い物にも行けない」と言い出した。中山ドクターに相談したが、「人工関節だけのものではないだろう」との診断だった。

共立病院に整形外科が新設されていたので、しばらく入院療養させることにした。現在は老健施設に入所している。

追うように、義父から連絡があった。

「体がえらいから、町医者に行ったら、大きい病院に行って、診てもらえ言われた」と言ってきた。

〈見立ては確かだし、手がふさがっている時は、大病院に〝紹介状〟を書いてくれる。紹介状があったほうが大病院はいい〉との判断で共立病院で受診した。結果は緊急入院だった。赤穂郡上郡町まで、妻は荷物を取りに帰った。

数日後、共立病院の主治医から十一時に説明するとの連絡。立ち会いたいのはやまやまだが、わたしはつばさ工房に行く日である。結果が悪いと国立病院へ転院することは聞いていた。

朝からヤキモキしていた。四時の退所時間になっても妻は迎えに来ない。病名は？　何科に入院するのだろう。一体どうしたのだろうと心配は膨らむ。ようやく妻から電話。

「国立に変わったんよ。部屋整理しているから、六時までに迎えに行くから待っていて」

「分かった」と言うと電話は冷たく切れた。詳しいことは不明のままだった。

作業所は六時まで。五時を過ぎても妻は迎えに来ない。国立病院まで電動車いすなら三十分もかからないだろう。しかし体験のないわたしは待つ以外、勇気が出ない。時計は六時に迫ってくる。歯がゆい！

翌日、わたしが障害福祉課長に相談したら「ヘルパーの医療行為は禁じられているから、〝全身性障害者介護人派遣事業〟認可せんとしようがないな」と言い、七十時間の有料介護制度を与えてくれた。今は九十時間、最高百二十時間になっている。

わたしは考えてみると、二十四年間、盆も正月も休みなく妻に介護してもらっていた。妻も実家に帰ろうとしなかった。妻にどっぷり甘えていたことに気づいた。

義父は、内科で応急治療して外科病棟に移り、危険な手術を受けた。手術をしないと助からなかった。術後も危険な状態が続いた。わたしは、〈最期ぐらい、一分一秒でも長く看病させてやりたい〉と思った。それは、夫として当然だ。わたしの償いでもある。

〝有料介護人〟と呼ばれているアテンダントやボランティア、そして病院の訪問看護制度を使い、しのいだものの、介護者は急には揃わない。

義父だけではない。義母の面会もしてくる。二時間の予定が三時間と延びる。一人の時もある。尿意、空腹を我慢する。

パソコンの前にいても、秋になると日暮れが早くなり、一人で居ると涙が滲み、生まれて初めて、自分の障害に苛立ちと歯がゆさを感じた。暗黙で理解し合っていても、このことだけは妻に愚痴を言えない。とにかく、耐えて耐えて耐えぬいた。

この体験をしてから、それまで「奥さん立派ね」と言われると否定していたが、今は率直に認められるようになった。

わたしのアテンダントやボランティアをしてくれる若い人たちが、「来年、〝銀婚式〟でしょう。私たちでお祝いの会させて……」と言ってくれている。今までなら断っているのだが、「きまりが悪いけれど、妻への感謝のつもりでしてもらいましょうか」とお願いしている。

明年の銀婚式の席上で、妻に、「ありがとう」と心から言ってみたい。そして、わたしを支えてきてくれた方たちにお礼を言い、一日一日を大切に歩んでいく人生の新たなステップにしたい。

〈生活改善〉

五年ぐらい前から、妻は整形外科に行く回数が増した。肩や腰にシップがちらちら目につくようになった。

抱く回数を減らすこと、ボランティアなどとでも出かけられるようにと昨年十月、車いすごと乗れる軽自動車に乗り換えた。福祉車両は、普通車より六十万円も高かった。かといって、どこからも補助はない。

わたしは、ワープロとパソコンを交互に使っていた。そのたびに抱いてもらいベッドに横になったり、車いすに座っていた。体がえらいとワープロをベッドで横になり打っていた。体を楽にしていると、知恵がよく回転して、少しでも佳作が作れるように思っていた。長年の習性で、詩作や機関紙や手紙などは、ワープロを使っていた。

パソコンで電子メールを打ちはじめ、ぼちぼち座って作業ができるようになっていった。そこで、四月頃から妻の負担を軽くしようと思い、シンドイとき以外は、一日座りっぱなしの生活に慣れていった。

この作品も仕上げにかかった九月初旬、床ずれになり、春から代わったばかりの整形外科の若い医師に、「まだ傷浅いから座る時間半分にしていたら治るわ。そうせんと治れへんで」と言われた。

わたしはショックだった。とにかく床ずれになったのは初体験。いろいろ原因もあるだろうが、座りすぎは否めない。しかし、頸椎症になっていなければ、まず患うことはなかったことと思う。ただズシッと座らされたら座らされたままなのだ。脳性小児麻痺なら、お尻も浮かせたし、何かにつかまり体位も動かせた。

リハビリテーション中央病院に入院していた時、同室に脊髄損傷や頸椎損傷の患者さんがいて、床ずれで苦労していて、その怖さも知っている。わたしも頸椎症患者になったつもりでないといけなくなった。しばらくは、横向きに寝転ぶ時間を増やすように努めるつもりだが、医師の言うように半分にすると、一日七時間となり、活動は半減する。ヘタをすると作業所にさえ行けなくなる。

中山ドクターに相談して、シーティングを工夫してもらうことになった。もうしばらく、今の活動は続けたい。妻の負担も大きくしたくない。取りあえず現在の傷を治すことに専念する。

しかし、生活改善を考えていく必要に迫られていることは事実だ。それは容易なことではない。シーティングと最初に出会った時のカナダ人にアドバイスされた言葉も、ある程度無視しなくてはならない。その頃から蓄積してきた考え方も白紙にし、生活様式も抜本的に立て直さなければならない。

よくもこれだけ大きな障害にぶつかるものだなあと思う。

また妻と新たな生活改善を考えよう。

※　※

さくら

待合室の私達を
のぞきこんで
さくらの花が笑っていた
ほのかに染めた
妻の顔をして

病院通いが日課で
さくらの花に似た
いのちと思いながら
今日までやっと辿りついた

スタートを祝って
あの日も幸せ一杯に
咲いていたんだが
あえぎ続けた二十四年の坂道
よたよたと歩いたそばに
いつも妻がいた

はらはら　はらら
励まし　励まし
妻をたたえて
窓辺を彩っている花吹雪

※　　※

あとがき

私の介助をしてくれている若者たちが、「銀婚式」のお祝いを計画してくれました。長寿社会で「銀婚式」などというのは気恥ずかしいかぎりです。でもせっかくの好意でしたし、妻への励ましにもなればと思い、お受けしました。

その時、自分史を書いて多くの人に重度障害者のことを知ってもらえたらと考えたのです。初めての自分史への挑戦でしたが、縁あって文芸社の目にとまり、一冊の本になることになりました。

最初は嬉しく思っていましたが、次第に恥ずかしさが募ってきて、複雑な心境です。しかし、自分で原稿を書き、本として出版されるからには、もうこの手記は私の手から離れてひとり歩きするでしょう。

そうなる以上、一人でも多くの方にお読みいただくことで、重度障害者のことを理解してくださるのを願うばかりです。

つたない本を最後まで読んでいただき有り難うございました。とても光栄に思います。

最後になりましたが、『死線を超えて』の出版に際し、ご指導いただいた市川宏三様、原稿の打ち込みを手伝ってくださった多くのボランティアの方、そして、いろいろとお骨折りくださいました文芸社の皆様に厚くお礼申し上げます。

二〇〇一年十二月一日

浜野伸二郎

[著者プロフィール]
浜野 伸二郎（はまの しんじろう）
1952年、兵庫県高砂市生まれ。身障者とその支援者の組織「雑草の会」設立。現在も会長を務める。1982年、アマチュア無線局（JJ 3 HAX）を開局。1998年、「姫路自立生活支援センターをつくる会」の会長に就任。現在、「姫路文学人会議」「詩人会議」「人間詩歌会」「神戸詩人会議」「兵庫県現代詩協会」所属。
詩集に、『人間－情念－』（72年）、『絆（多鶴子と結婚その記念に）』（76年）、『おまえ』（79年）、『鶴よ、はばたけ』（83年＝半どんの会文化賞芸術奨励賞受賞）、『白鬼の恋女房』（85年）、『蟹ゆで』（89年＝姫路文連黒川録朗賞受賞）、『仲良し地蔵』（92年）、『台風無情』（96年）、『梵鐘』（99年）。
〒671-0215　姫路市飾東町夕陽ヶ丘107　市住24-2居住。
URL.http://wwwl.odn.ne.jp/~cab47160
E-mail;cab47160@pop01.odn.ne.jp

死線を超えて

2001年12月15日　初版第1刷発行
2002年10月7日　初版第2刷発行

著　者　浜野 伸二郎
発行者　瓜谷 綱延
発行所　株式会社 文芸社
〒160-0022　東京都新宿区新宿1-10-1
電話　03-5369-3060（編集）
03-5369-2299（販売）
振替　00190-8-728265
印刷所　図書印刷株式会社

ISBN4-8355-2872-7 C0095